de bonne aventure

LA MAIN DE
LA DESTINÉE

Dotti Enderle

Traduit de l'anglais
par
Nathalie Tremblay

AdA
jeunesse

Copyright © 2004 Dotti Enderle
Titre original anglais : Hand of Fate
Copyright © 2008 Éditions AdA Inc. pour la traduction française
Cette publication est publiée en accord avec Llewellyn Publications, Woodbury, MN
Tous droits réservés. Aucune partie de ce livre ne peut être reproduite sous quelque forme
que ce soit sans la permission écrite de l'éditeur, sauf dans le cas d'une critique littéraire.

Éditeur : François Doucet
Traduction : Nathalie Tremblay
Révision linguistique : Isabelle Marcoux, Féminin Pluriel
Révision : Nancy Coulombe, Isabelle Veillette
Montage de la couverture : Matthieu Fortin
Mise en page : Sébastien Michaud
Design de la couverture : Kevin R. Brown
Illustrations de la couverture et de l'intérieur : © 2004 Matthew Archambault
ISBN 978-2-89565-671-5
Première impression : 2008
Dépôt légal : 2008
Bibliothèque et Archives nationales du Québec
Bibliothèque Nationale du Canada

Éditions AdA Inc.
1385, boul. Lionel-Boulet
Varennes, Québec, Canada, J3X 1P7
Téléphone : 450-929-0296
Télécopieur : 450-929-0220
www.ada-inc.com
info@ada-inc.com

Diffusion
Canada :   Éditions AdA Inc.
France :   D.G. Diffusion
                Z.I. des Bogues
                31750 Escalquens – France
                Téléphone : 05-61-00-09-99
Suisse :   Transat - 23.42.77.40
Belgique :   D.G. Diffusion - 05-61-00-09-99

Imprimé au Canada

Participation de la SODEC
Nous reconnaissons l'aide financière du gouvernement du Canada par l'entremise du
Programme d'aide au développement de l'industrie de l'édition (PADIÉ) pour nos activités
d'édition.
Gouvernement du Québec - Programme de crédit d'impôt pour l'édition de livres - Gestion
SODEC.

**Catalogage avant publication de Bibliothèque et Archives nationales du Québec et
Bibliothèque et Archives Canada.**

Enderle, Dotti, 1954-

    La main de la destinée

    (Le club des diseuses de bonne aventure ; 5)
    Traduction de: Hand of fate.
    Pour les jeunes de 10 ans et plus.

    ISBN 978-2-89565-671-5

    I. Tremblay, Nathalie, 1969-   . II. Titre. III. Collection: Enderle, Dotti, 1954-   . Club
des diseuses de bonne aventure ; 5.

PZ23.E564Ma 2008   j813'.6   C2008-940987-6

Table des matières

CHAPITRE 1

Catastrophe !

Meneuse de claque de l'année. Anne pouvait imaginer le magnifique trophée. Le sentir, le toucher. Les applaudissements durant la cérémonie. Il était sien, aucun doute possible. Debout sur le coin du trottoir, elle regardait vers le bas de la route pour voir les voitures arriver. Le ronflement des moteurs faisait écho à son exaltation. Son moteur grondait aussi. Elle se tourna vers Beth Wilson, qui était à ses côtés.

— Quelle heure est-il ?

— Deux minutes de plus que la dernière fois que tu me l'as demandé. Détends-toi. Nous sommes en avance. De plus, ma sœur n'est jamais en retard, surtout pas pour ça.

Une autre minute s'écoula ; l'estomac d'Anne se noua davantage. Elle était impatiente d'arriver au camp des meneuses de claques du week-end. C'était pendant ce week-end que devait être annoncé le nom de la récipiendaire du trophée de Meneuse de claque de l'année de Avery. Et Anne serait la toute première élève de première année du secondaire à remporter ce titre. Elle en était persuadée. Évidemment, les allusions de ses amies de l'équipe ne venaient que confirmer le tout.

Elle regarda sa montre.

— Il est seize heures trente-sept.

Beth pouffa.

— Jill est animatrice depuis déjà deux ans. Elle ne sera pas en retard. Elle a dit qu'elle viendrait nous chercher à seize heures quarante-cinq, non ? Je ne peux pas croire que cette histoire de Meneuse de claque de l'année te mette dans un tel état, dit-elle d'un ton empreint de jalousie.

Anne sautilla sur place, nerveuse et anxieuse. Pourquoi Jill ne pouvait-elle pas être en avance, pour une fois ? Anne était impatiente d'arriver au camp et d'amorcer cet extraordinaire week-end. Et si Beth et sa sœur avaient comploté pour l'empêcher d'y aller ? Cela donnerait évidemment une chance à Beth de remporter ce prix. Voilà qui était idiot. Qu'allait-elle penser ? Elle devait prendre le dessus sur elle-même et cesser de s'inquiéter.

— La voilà ! dit Beth en pointant du doigt l'autre côté de la route.

La voiture de Jill était la troisième en ligne à attendre que le feu passe au vert à l'intersection.

— Jill ! cria Beth en agitant les deux bras et en courant pour attirer son attention.

Anne se sentit soulagée. Elle croisa les bras et se balança d'avant en arrière, avec un regain d'énergie. Elle aurait souhaité pouvoir courir de l'autre côté de la rue et monter à bord de la voiture de Jill pour enfin se mettre en route. Toutefois, par mesure de sécurité, elle se tint bien à distance de la route.

La circulation était au ralenti, et tout un convoi de voitures passa devant elles tous phares allumés. Anne observa un policier à motocyclette passer à vive allure à proximité, le soleil reflétant sur le chrome de sa moto. Il fit signe aux voitures de poursuivre leur route, malgré le feu rouge. C'est alors qu'Anne se rendit compte qu'il s'agissait d'une procession funéraire. Une lente procession funéraire qui avançait à pas de tortue. Jill était prise de l'autre côté de ce défilé. Zut ! Cela pourrait prendre encore au moins une quinzaine de minutes, avant qu'elle puisse franchir l'intersection.

Anne s'imagina que le mort devait être quelqu'un de connu. La lumière des phares s'étirait aussi loin qu'elle pouvait voir.

« Allez ! Doivent-ils vraiment conduire si lentement ? »

Le feu passa de nouveau au vert, et elle regarda le cadran de sa montre. Seize heures quarante-deux. L'inscription au camp avait lieu à dix-neuf heures et il fallait compter au moins deux heures de route. Elle resta là à sautiller sur place comme pour encourager la circulation. Compter les voitures n'avait aucun effet. Le feu changea de nouveau de couleur.

Beth était à quelques pas de là et faisait de grands signes à sa sœur. Anne se disait qu'elles auraient plutôt dû attendre de l'autre côté de la rue. Ça aurait simplifié le tout, mais il n'y avait pas de trottoir de l'autre côté.

Une voiture bleu pâle avança tranquillement vers l'intersection et entreprit de la traverser. Anne se tourna vers Beth, qui souriait toujours et communiquait avec de drôles de signes de main. Au moins, Beth souriait. Anne refusait de sourire tant qu'elle ne serait pas en route. De plus, elle gardait son plus beau sourire pour la cérémonie de remise du prix de Meneuse de claque de l'année.

Alors qu'Anne se retournait, elle vit approcher une camionnette blanche en sens inverse. L'homme ne semblait pas avoir l'intention de ralentir. Après tout, le feu était vert pour lui. Anne ne voyait pas non plus le policier à motocyclette dans les parages. La camionnette accéléra ; l'homme était de toute évidence aussi pressé qu'elle. Il devait avoir les yeux rivés au feu vert, plutôt que de se concentrer sur la circulation. La voiture bleue était toujours en travers de l'intersection lorsque la camionnette la percuta dans un bruit horrible de tôle froissée et de vitre brisée. La camionnette rebondit sur la voiture, vola vers l'arrière et se mit à rouler... rouler... tout droit vers Anne !

Elle plongea hors de la trajectoire, ressentant le souffle de la camionnette qui l'évita de justesse, de la poussière et des débris volant dans son sillage. Elle tomba violemment sur le trottoir, se demandant pendant un instant si la camionnette l'avait heurtée. Anne se recroquevilla rapidement en se protégeant la tête. Le véhicule était passé à deux doigts d'elle.

Elle demeura au sol, la tête enfouie. Elle jeta un coup d'œil et vit les gens paniqués freinant, sautant hors de leur véhicule et se précipitant pour venir en aide aux conducteurs et aux passagers. Les cris inutiles de Beth étaient les plus perçants.

Une femme et un adolescent se précipitèrent vers Anne.

— Es-tu blessée ? demanda la dame.

Anne reconnut le garçon ; c'était Troy Messina. Lui et Anne fréquentaient la même école depuis la deuxième année, et il avait toujours été évident qu'il avait un faible pour elle.

Anne avait l'impression d'avoir été renversée. Elle s'assit et examina une grande éraflure à son coude. Outre de la poussière dans son œil gauche, elle se sentait bien.

— Ça va, dit-elle.

Elle était tombée du côté droit, qui lui faisait le plus mal. Son chandail des Lynx d'Avery était en piètre état. Son bras et sa jambe étaient couverts de crasse noire.

— D'accord, alors, dit madame Messina, l'air incertain. Viens, Troy. Voyons si quelqu'un d'autre a besoin d'aide.

Elle se précipita vers la foule rassemblée autour de la camionnette. Troy hésita.

— Laisse-moi t'aider à te relever, Anne, dit-il en trépignant sur place et en lui tendant la main.

Beth s'agenouilla près d'Anne.

— Je m'en occupe, dit-elle.

Troy se gratta la tête. Il semblait vouloir dire quelque chose, mais les mots étaient prisonniers de sa gorge. Il opina du chef, puis partit au petit trot rejoindre sa mère.

— As-tu été frappée ? demanda Beth d'une voix tremblante.

Anne remarqua les larmes qui ruisselaient sur son visage. Elle secoua la tête.

Beth laissa échapper un long soupir.

— Reste assise pour te reposer un instant, Anne. La bonne nouvelle, c'est que la circulation est arrêtée et que Jill peut maintenant traverser l'intersection.

Anne se mit à rire, à cette idée.

— Bonne nouvelle ? La circulation sera immobilisée pour toujours !

Elle se sentit un peu soulagée de voir, en regardant par-dessus son épaule, que des gens aidaient l'homme de la camionnette. Il s'en extirpa avec à peine quelques égratignures. Les gens de la voiture bleue semblaient également indemnes.

Beth poussa Anne du coude.

— Nous pourrions marcher jusqu'à la voiture de Jill. Je parie qu'elle peut faire demi-tour et emprunter un autre chemin.

— D'accord, répondit Anne. À moins qu'ils aient besoin de mon témoignage ou quelque chose du genre.

Beth tourna la tête par saccades pour balayer la foule.

— Je crois qu'il y a suffisamment de témoins !

Elle tira sur le bras d'Anne pour qu'elle se relève.

Anne tenta de se lever, mais dès qu'elle mit du poids sur son pied gauche, une douleur lancinante transperça son mollet.

— Aïe ! dit-elle en s'effondrant.

— Qu'est-ce qu'il y a ? demanda Beth en se retournant.

— Je n'en sais rien, répondit-elle.

Elle tenta de nouveau de se mettre debout, mais on aurait dit que quelqu'un tenait une allumette contre sa jambe.

— Allez, nous devons nous dépêcher.

Anne essaya de nouveau. La douleur lancinante la transperça.

— Qu'est-ce qui ne va pas ?

— Je l'ignore, dit Anne, prise de panique. Je ne peux pas marcher !

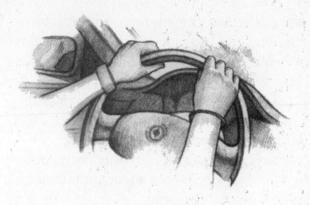

CHAPITRE 2

À qui la faute ?

L'intersection s'était rapidement transformée en aire de stationnement avec
des feux de stationnement rouges cligno-
tant de toutes parts. L'inquiétude d'Anne
s'envola lorsqu'elle vit la voiture de son
père traverser l'entrée du centre commercial
voisin. Il gara son véhicule loin des ambu-
lances et des dépanneuses, et se précipita

vers elle. Ses cheveux grisonnants tranchaient, par rapport à l'inquiétude qui marquait son visage. Anne lui tendit les bras.

— Qu'est-ce qui se passe ? demanda-t-il.

— Je ne sais pas. Je ne peux plus me tenir debout sur ma jambe gauche.

Beth passa sa main sur la jambe d'Anne.

— Monsieur Donovan, un ambulancier paramédical est venu l'examiner et n'a trouvé aucune blessure et pas de sang.

— Crois-tu qu'elle est cassée ? demanda-t-il.

Anne secoua la tête. Elle ne sentait rien de brisé. Toutefois, ce l'était peut-être. La douleur était lancinante chaque fois qu'elle touchait *à cet endroit* — elle désignait son mollet.

Son père la prit dans ses bras, elle s'accrocha fortement à son cou, inhalant l'odeur subtile de son eau de Cologne. L'ambulancier paramédical vint vers eux, une planchette à pince à la main.

— Êtes-vous son grand-père ?

— Non, je suis son père.

— Elle a besoin d'une radiographie de cette jambe, dit l'ambulancier. Désirez-vous que nous l'amenions en ambulance ?

— Inutile, répondit-il. Je l'emmènerai au service des urgences moi-même. Merci tout de même.

C'est alors qu'un klaxon de voiture se fit entendre au milieu de l'agitation. Jill roula le long de l'accotement, derrière les autres véhicules tentant d'éviter l'accident. Elle leur faisait de grands signes frénétiques.

Beth se tourna vers Anne, l'air contrit…

— Je… je…

— Va, dit Anne. Il n'y a pas de raison que tu rates le camp.

La réalité la frappa soudainement. Beth irait au camp, mais elle ? Pourrait-elle les rejoindre plus tard ?

Beth lui fit un sourire coupable, puis se précipita vers la voiture de Jill, son sac de meneuse de claque battant sur son flanc.

Le père d'Anne la déposa délicatement sur la banquette arrière, puis zigzagua de nouveau à travers l'aire de stationnement du centre commercial pour rejoindre la rue.

* * *

— Voilà qui est étrange, dit le docteur Cannon.

Il glissa la radiographie sur la table lumineuse pour qu'ils puissent voir.

— Il y a un tout petit morceau de métal dans sa jambe.

Anne regarda le fil de couleur cuivre enroulé comme un ver luisant sous sa peau.

— Comment s'est-il retrouvé là ? Il n'y a ni trou ni coupure ?

— Ce fil est si mince. J'imagine que c'est la force de l'impact des débris du camion qui l'a fait pénétrer si rapidement sous ta peau sans laisser de trace. J'ai déjà vu ce genre de truc, auparavant, bien que cela soit rare.

Le père d'Anne se frotta les sourcils.

— Comment procéderez-vous pour le retirer ?

— De façon chirurgicale. Ce n'est toutefois qu'une toute petite opération. Elle pourra ensuite rentrer à la maison. Elle aura besoin de béquilles pendant quelques jours.

Tout à coup, l'immuabilité de la situation la frappa. Pas de camp de meneuses de claques. Pas de trophée. Anne eut envie de pleurer. Elle ferma les yeux et vit la camionnette se diriger vers elle.

Le rideau de cloison s'ouvrit, et Juniper apparut.

— Ouf ! soupira-t-elle.

Gena suivit Juniper jusqu'à la table d'examen.

— Nous avons entendu dire que ta jambe avait été écrasée dans un grave accident impliquant cinq véhicules.

Monsieur Donovan gloussa.

— Par ma femme, de toute évidence. Je devrais lui téléphoner pour lui dire que nous rentrerons bientôt à la maison.

Anne sentait les larmes lui monter aux yeux.

— Je n'irai pas au camp de meneuses de claques.

— Génial ! dit Gena. Le destin s'en est mêlé pour t'éviter un week-end avec une des jumelles snobinardes.

— Le destin ? ricana Anne, se demandant ce qu'elle avait bien pu faire pour mériter cela. J'allais être la première élève de première année du secondaire à remporter le titre de Meneuse de claque de l'année.

Les larmes roulèrent sur ses joues, intarissables.

— Ça va, dit Juniper, lui touchant le bras. Rien n'arrive pour rien. Peut-être que quelque chose de bien ressortira de tout ça.

— La chirurgie ?

Anne sécha ses larmes, refusant d'en entendre davantage à propos du bon côté des choses.

Gena haussa les épaules.

— Je suis de l'avis de Juniper. Rien n'arrive pour rien.

— Eh bien, quand vous trouverez la raison de ceci, laissez-la-moi savoir, cracha Anne. Je ne crois pas qu'il en adviendra autre chose qu'une jambe ankylosée et un week-end perdu !

— Du calme, dit Juniper. Ce n'est la faute de personne.

Anne réfléchit.

« Évidemment que si, c'était la faute de quelqu'un. »

Le médecin s'immisça entre elles, suivi de Rachel, l'infirmière qui fréquentait le père de Gena.

— Désolé, les filles, dit-il. Il est temps de procéder à la chirurgie. Nous avons besoin que vous sortiez.

— Je n'en sais trop rien, dit Rachel. Je crois que Gena aime bien le sang et les intestins.

Gena leva les yeux au ciel.

— Ah oui, gardez-en un peu pour moi, d'accord ?

— Je t'appellerai demain, dit Juniper à Anne, tandis qu'elle et Gena disparaissaient derrière le rideau.

Anne pouvait entendre leurs marmonnements diminuer au loin.

— Tu frissonnes. Voudrais-tu une couverture ? demanda Rachel.

— Je préférerais avoir une veste de Meneuse de claque de l'année.

— Pardon ? dit Rachel d'un air confus.

— Rien, dit Anne, dont tous les espoirs s'évanouissaient.

L'odeur envahissante de l'alcool était déjà suffisante, mais quand Rachel revint avec une seringue, Anne grelotta davantage.

— Oui. J'aimerais bien une couverture… et un bandeau… et n'importe quoi pour atténuer la douleur.

Rachel rigola.

— Tu ne sentiras pas la chirurgie.

— Non, c'est pour la seringue, dit Anne en se faisant toute petite.

Elle aurait préféré chuter du haut de la pyramide des meneuses de claques, plutôt que de recevoir une injection !

Lorsque Rachel déballa une couverture chaude et la plaça sur elle, les pensées d'Anne se tournèrent vers le destin. La destinée. Qui en décide ? Qui est *vraiment* responsable ? À qui la faute ? Elle rejoua le scénario plusieurs fois dans sa tête — la procession funéraire traversant au feu rouge — la camionnette accélérant pour ne pas manquer le feu vert. La collision, les tonneaux, les crissements de pneus, les débris, la panique. Ce devait certainement être la faute de quelqu'un. Le conducteur de la camionnette ? Le conducteur de la voiture bleue ? Le policier à motocyclette pour ne pas avoir été là ?

Les pensées d'Anne la préoccupaient tant qu'elle ne sentit pas l'injection, ni même la chirurgie. Elle refusa de croire qu'elle était tout simplement au mauvais endroit au mauvais moment. Trop de « si » la tracassaient, mais elle n'avait de cesse de chercher un coupable au fait qu'elle soit étendue là sur cette table d'hôpital plutôt que dans une couchette au camp des meneuses de claques.

« Si seulement cette maudite procession funéraire n'avait pas été là. »

Cette idée en appela une autre :

« Si seulement… »

À qui la faute ? Si la personne dans ce corbillard n'avait pas été morte, elle ne serait pas ici, en cet instant.

« Si seulement. »

Anne était convaincue.

« C'est sa faute. La personne qui est morte. C'est à cause d'elle que je suis là. »

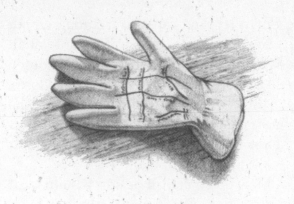

CHAPITRE 3

La main de la destinée

Tard le lendemain matin, la sonnerie du téléphone tira Anne d'un sommeil profond et perturbé. Son esprit était embrouillé, transformant ainsi les événements de la veille en rêve plutôt qu'en souvenir. Cependant, la douleur de sa jambe gauche la ramena rapidement à la réalité. Elle retira les couvertures et examina le grand pansement enroulé autour de sa jambe. La peau environnante allait de l'écarlate au cramoisi, comme un bouton prêt à éclore. Ses muscles étaient ankylosés, et elle se demandait si sa jambe gauche n'était pas maintenant quelque cinq centimètres plus courte que la droite.

« Idiote », se dit-elle.

Mais qu'en était-il de son fameux saut écart ? Celui qui lui avait valu le titre de Meneuse de claque de l'année ? C'est alors que la réalité la frappa. Elle n'aurait pas le titre, cette année. On aurait dit que toute la vie avait été drainée de son corps.

Anne clopina jusqu'à la cuisine, où sa mère était assise près de la fenêtre à repriser une jupe.

— Comment te sens-tu, ce matin ?

La jambe raide, Anne se laissa choir sur une chaise et s'affala sur la table, se cachant la tête dans le creux des bras. Elle n'avait pas envie de parler.

— Aimerais-tu prendre le petit-déjeuner ?

— Non, répondit-elle en levant un œil hagard vers sa mère.

Sa mère poursuivit son travail. Après un silence de mort, elle dit :

— Anne, je sais que tu es bouleversée. Je le serais également. Toutefois, compte-toi chanceuse que rien de pire ne soit arrivé. Nous sommes heureux que tu sois en un seul morceau.

Anne songea à ce qui aurait pu se produire si elle ne s'était pas écartée de la trajectoire.

— Ouais, je sais, c'est le destin, dit-elle, sans trop y croire.

Et si elle ne s'était pas écartée ? Aurait-elle été la prochaine à avoir un cortège funèbre ?

Aurait-elle pu causer un enchaîne-ment d'événements qui aurait gâché le week-end de quelqu'un d'autre à un prix considérable ?

— Maman, as-tu jeté les vieux journaux ?

— Non, ils sont dans le bac de recyclage.

Anne boita jusqu'à la porte menant au garage. Il y avait probablement là l'équiva-lent d'une semaine de journaux, et chacun comprenait une chronique nécrologique.

Elle devait découvrir qui était responsable de ce qui lui arrivait. Tandis qu'elle revenait vers la cuisine avec une pile de journaux, sa mère lui dit :

— Juniper vient de téléphoner. Elle et Gena viendront faire un tour plus tard.

* * *

Lorsque Juniper et Gena arrivèrent, Anne était toujours en pyjama sur son lit, les jambes appuyées sur un ourson. Le bout de ses doigts était noirci par les journaux.

— Nous sommes venues te remonter le moral, dit Juniper, tenant un cadeau à la main.

— Pas de *morale* ici, répliqua Anne.

Gena poussa quelques journaux épars et sauta sur le lit.

— On dirait bien que quelqu'un s'est levé du mauvais côté du lit d'hôpital.

L'amertume d'Anne était telle qu'elle refusa de donner suite au jeu de mots de Gena. Elle continua de feuilleter les journaux et l'ignora.

Juniper se faufila plus près, berçant le cadeau comme s'il s'agissait d'une relique du tombeau de Toutankhamon.

— Tu es ébranlée.

— Ouais, dit Gena, brandissant une chronique nécrologique. Ce n'est pas tout à fait une lecture joyeuse. Qui est mort ?

Anne le lui enleva des mains d'un geste brusque.

— Toi, si tu ne cesses de faire le pitre.

Le visage de Gena s'assombrit un instant, puis elle sourit.

— Bon, nous sommes venues te remonter le moral. On dirait que nous avons réussi. Allons-nous-en, Juniper.

Gena commença à se lever, mais Juniper intervint.

— Anne, nous savons que tu as souffert, mais ne nous fais pas payer la note. D'autant plus que nous t'avons apporté un cadeau.

Elle lui mit de force le cadeau dans les mains.

L'aigreur d'Anne s'estompa, et elle ne put refouler ses larmes.

— Je sais que je ne devrais pas être fâchée. Ça peut sembler égoïste, mais je n'y peux rien. Ce devait être *mon* week-end. Pourquoi moi ?

Ses derniers mots furent étouffés dans un sanglot. Elle croyait qu'elle ne comprendrait jamais pourquoi la vie pouvait être si cruelle.

— Ouvre ton cadeau, dit Juniper lorsqu'Anne eut mouché son nez. Nous l'avons fabriqué nous-mêmes.

Anne déchira l'emballage. À l'intérieur de la boîte, il y avait des gants de latex remplis de graines pour les oiseaux. Avec des marqueurs de couleur, Juniper et Gena avaient tracé les lignes de la main et des doigts, marquant chaque ligne comme une carte routière.

— Ça n'a rien à voir avec la chiromancie, n'est-ce pas ?

— Non, dit Gena, c'est une main de la destinée.

Anne aimait bien la sensation spongieuse.

— Une main de la destinée ?

— Ouais, dit Juniper. C'est notre invention. Tu prends une pièce de monnaie. Tu poses ensuite une question en donnant une chiquenaude à la pièce. La ligne sur laquelle la pièce tombe te donne la réponse.

Anne se sentit plus joyeuse. La seule chose qu'elle aimait autant qu'être meneuse de claque, c'était d'être membre du Club des diseuses de bonne aventure.

— Testons-la immédiatement.

Gena sortit une pièce de dix cents de la poche de son jean et la tendit à Anne.

— Quelle sera ta question ?

Anne donna un coup de pied avec la jambe gauche, jetant ainsi tous les journaux sur le sol, sauf deux pages. Chacune d'elles contenait la rubrique nécrologique de personnes décédées plus tôt cette semaine-là et dont les funérailles avaient eu lieu la veille. Elle avait jeté son dévolu sur trois d'entre elles.

Elle regarda la rubrique de George O'Hara, âgé de quatre-vingt-deux ans. Anne ferma les yeux et tenta de s'imaginer cet homme. Elle donna une chiquenaude à la pièce qui retomba sur le lit à environ trente centimètres de la main. Non, ce n'était pas George O'Hara.

— Tu nous dis de quoi il s'agit ? demanda Juniper. Que désires-tu savoir, au sujet de ces personnes décédées ?

— Je veux savoir pourquoi elles sont mortes, dit-elle rapidement en passant au prochain.

— Tu n'as pas besoin de la main de la destinée, pour cela ! dit Gena, tournant la page vers elle. C'est indiqué juste là… voilà… Alice Lang, trente-deux ans. Décédée de complications après une longue lutte contre le cancer.

— Je ne veux pas savoir *comment* ils sont morts. Je veux savoir *pourquoi* ils sont morts et pourquoi la procession funéraire devait passer sur *cette* rue-là à *ce* moment-là. Toutefois, je dois d'abord découvrir à qui étaient ces funérailles.

Anne ferma les yeux et tenta de s'imaginer Alice Lang. Seulement trente-deux ans. Elle donna une chiquenaude à la pièce, qui retomba directement dans la paume de la main de la destinée. La ligne de la main indiquait : *Le destin vous révélera quelque chose d'important*.

— C'est elle, dit Anne. Alice Lang. Tout est sa faute !

CHAPITRE 4

C'est la vie !

Gena se pencha pour regarder dans l'oreille d'Anne.

— Que fais-tu ? demanda Anne en la repoussant.

— Es-tu certaine que tu n'as pas eu un fil de métal dans le cerveau également ?

— Bon, je sais que ça paraît étrange, dit Anne, mais c'est la vérité ! Si cette femme n'était pas morte, je serais Meneuse de claque de l'année !

— Tu ne peux pas être certaine que c'est elle, argumenta Juniper.

Anne regarda Juniper les yeux remplis de larmes.

— Je le sais, un point c'est tout.

Gena se rassit sur le lit.

— Bon, c'est elle. Qu'as-tu l'intention de faire ? Lui donner une raclée ?

Elle prit la rubrique nécrologique et l'agita devant Anne.

— Il me semble qu'elle a déjà été suffisamment punie.

Ce ne semblait même plus être une question de revanche. C'était plutôt de la curiosité. Une curiosité qui la rongeait. Elle prit la main de la destinée et en serra nerveusement les doigts. Son esprit était en quête d'une solution.

— J'ai besoin d'un annuaire téléphonique.

— Je ne crois pas qu'elle réponde à l'appel, dit Gena.

— J'ai besoin d'aller chercher un annuaire téléphonique.

— Pourquoi ? demanda Juniper, l'air perplexe.

— Vous verrez, dit Anne, se levant d'un bond et clopinant hors de sa chambre.

Elle marcha clopin-clopant jusqu'au bureau de coin du salon, attrapa les Pages Jaunes et boita en revenant vers sa chambre.

— Quel est le nom du salon funéraire inscrit dans le journal ?

Gena froissa le journal et le ramena de façon dramatique à sa poitrine.

— Oh mon Dieu ! Tu es sérieuse. Tu iras déterrer cette femme pour lui donner une raclée !

— Donne-moi donc le nom du salon funéraire, dit Anne en levant les yeux au ciel.

Sur l'entrefaite, le téléphone sonna. Les filles se tournèrent vers l'appareil d'Anne en forme de chat qui trônait sur la commode de l'autre côté de la chambre.

Gena s'appuya le menton sur ses genoux.

— Anne, tu es la seule personne que je connaisse qui possède un téléphone qui miaule.

Au quatrième miaulement, Juniper se précipita pour répondre.

— La résidence Donovan.

Anne observa le visage de Juniper se figer.

— Qui est-ce ? demanda-t-elle, de toute évidence du même ton sarcastique que son interlocuteur.

Évidemment, Anne n'eut nullement besoin de demander à Juniper qui était à l'appareil. Juniper réservait ce ton à l'usage unique des jumelles snobinardes.

— Bonjour, Beth, dit Anne.

Gena fit semblant d'avoir la nausée en se prenant la gorge. Anne lui tourna le dos pour entendre Beth.

— Je voulais simplement prendre de tes nouvelles, dit Beth, dont la voix semblait distante dans le récepteur.

— Ça va, mentit Anne. Comment se passe le camp ?

Beth explosa d'enthousiasme.

— C'est extra ! Ils ont invité ce gars extraordinaire qui est meneur de claque à l'université. Il nous a montré des trucs difficiles, mais nous les avons réussis.

Nous étions à la hauteur. Je crois vraiment que nous sommes la meilleure équipe de notre niveau !

Chaque mot s'enfonçait comme une griffe dans le cœur d'Anne. Sa jalousie ressemblait maintenant à un gros éléphant vert assis en travers de sa poitrine.

— Génial, s'efforça-t-elle de répondre.

— J'aimerais que tu sois ici ! Nous avons également d'amusants concours. Suzanne a remporté le prix Petite portion de la plus petite meneuse de claque du camp. Anne, je sais que tu aurais remporté le prix Vertical de la plus grande. Et les prix de présence sont extraordinaires. Ce matin, j'ai gagné une trousse de maquillage complète pour la compétition. Et…

Anne n'était plus en mesure d'écouter. Le seul bruit qu'elle entendait était celui de sa propre voix qui lui criait dans la tête.

« Alice Lang, pourquoi ? Pourquoi m'as-tu fait cela ? »

— Bon, je dois te laisser, dit tout à coup Beth. Peux-tu demander à quelqu'un de te

conduire au camp pour assister à la cérémonie de remise des prix demain soir ?

— Pardon ? Anne fut surprise de la
question.

— Les prix ? Ne veux-tu pas savoir qui
sera Meneuse de claque de l'année ?

« Plus maintenant ! »

— Je ne peux pas, dit-elle. Tu me racon-
teras mardi.

— À bientôt ! dit Beth, raccrochant le
combiné avant même qu'Anne n'ait eu le
temps de la saluer.

L'éléphant vert se leva ; Anne se sentit
à plat et vidée.

— Quel est le nom du salon funéraire ?
demanda-t-elle de nouveau.

Gena regarda Juniper comme pour lui
demander la permission, puis, en soupi-
rant, elle répondit.

— Jacob et frères.

Anne promena son doigt sur la page.
Elle ralluma le téléphone et entendit le chat
ronronner une tonalité d'invitation à
numéroter.

Dès la première sonnerie, la voix douce
d'une dame répondit.

— Services funéraires Jacob. Que puis-je faire pour vous ?

Anne trébucha sur ses mots pour trouver quoi dire.

— Hum, hier, vous aviez des funérailles. Il y a eu un accident. Ce que j'aimerais savoir, c'est…

— Pardon, dit la femme, interrompant Anne. Je ne peux divulguer aucune information. Toutefois, je peux vous donner le numéro de téléphone de nos avocats. Ils sauront répondre à vos questions.

— Oubliez ça, dit Anne en replaçant le combiné sur le socle.

— Alors ? lança Juniper.

Anne haussa les épaules.

— J'imagine qu'elle croit que je veux intenter une poursuite. Elle a refusé de parler.

— Bon, ton chien est *mort*, dit Gena. C'est toujours un salon funéraire, non ?

Juniper pouffa.

— Je n'y comprends rien, Anne. Tu ne nous as pas dit ce que tu avais l'intention de faire.

— J'essaie d'en savoir davantage au sujet d'Alice Lang. Qui elle était. Où elle habitait. Ce qu'elle faisait. Pourquoi elle est décédée et où elle est enterrée.

— Et que cherches-tu à prouver, au juste ? demanda Juniper.

Anne réfléchit à la question.

— Je cherche à prouver que j'ai raison.

Elle leva la jambe dans les airs et plia le genou.

— Ça fait mal, quand je mets du poids sur mon pied gauche, mais je crois pouvoir pédaler avec le pied droit, une fois partie.

— Nous allons quelque part ? demanda Gena.

— Ouais, dit Anne, tirant des vêtements de sa penderie. Nous allons rendre visite à Troy Messina.

— Il te plaît ? demanda Gena.

Anne enfila douloureusement un jean et ferma la glissière.

— Aujourd'hui, oui. Il était aux funérailles d'Alice Lang. Il détient des renseignements importants pour moi.

— Pourquoi ne pas le lui avoir d'abord demandé ? demanda Juniper. N'aurait-ce pas été plus simple que d'éplucher les journaux ?

Anne sourit, refusant d'admettre que l'idée ne lui était pas encore venue.

— Oui, ça aurait été plus simple, mais je n'aurais pas eu l'occasion d'utiliser ma main de la destinée. Au moins, nous savons qu'elle fonctionne.

Anne souleva son pied gauche tandis que Juniper nouait le lacet de son espadrille pour elle. Elle laissa un mot pour sa mère, puis elles partirent à vélo.

— Plus lentement, dit Anne, tentant de pédaler d'un seul pied.

Elles empruntèrent l'entrée, puis la rue. Anne sentait que chaque coup de pédale la rapprochait de sa réponse.

CHAPITRE 5

En quête de réponses

Anne tenta de penser à autre chose en pédalant. Sa jambe gauche lui faisait mal, surtout en extension. Elle était lourde et raide. Elle savait qu'elle aurait dû rester tranquille avec la jambe dans les airs.

Ses émotions tourbillonnaient comme du chocolat dans un mélangeur électrique. Que faisait-elle ? Que s'attendait-elle vraiment à découvrir ? Aller voir Troy lui laisserait peut-être entendre qu'il lui plaisait. Elle ne voulait pas lui donner cette impression. D'autant plus qu'il avait un faible pour elle. Et qu'en était-il de la note qu'elle avait laissée à sa mère ?

« Nous sommes parties à vélo pour faire bouger ma jambe. »

Bon, elle ne pouvait lui dire qu'elle allait rendre visite à un garçon, même s'il n'y avait rien entre eux. Sa mère était beaucoup trop vieux jeu pour comprendre. De plus, elle ne pouvait absolument pas lui dire quelle était sa véritable intention derrière cette visite. Ses sentiments étaient contradictoires. Rater l'occasion d'être nommée Meneuse de claque de l'année était-il si important à ses yeux ? Elle aurait toujours une chance l'an prochain. Elles arrivèrent devant chez Troy avant qu'elle ait terminé d'éclaircir sa pensée.

Gena et Juniper montèrent leur béquille de vélo et se dirigèrent vers la porte. Anne resta à vélo, penchée vers la droite. Que faisait-elle, au juste ?

— Bon, dit Gena en faisant signe à Anne de se lever. Il n'y a pas de service à l'auto. Tu devras sonner à la porte.

Juniper fronça les sourcils.

— Tu as changé d'idée ?

Anne hésitait.

Gena retourna vers son vélo.

— Je propose d'oublier tout ça et de retourner consulter la main de la destinée. Je dois savoir si mon père fera une crise quand il verra le résultat de mon examen de mathématique de jeudi dernier.

Anne ignora son commentaire et descendit de vélo. Elle se sentait comme une marionnette, mue par des ficelles. Elle sonna avant d'avoir le temps de changer d'idée. Troy répondit.

— Hé ! Oh, Anne, ça va mieux ?

« Pas vraiment », songea-t-elle.

— Ça va, répondit-elle, souriant timidement. Je suis simplement venue te poser quelques questions.

Il haussa les épaules.

— D'accord.

Anne fit une pause, cherchant de quelle façon le demander. Avant qu'elle n'ait le temps d'ouvrir la bouche, Gena prit les devants.

— Qui est mort ?

Anne aurait maintenant souhaité être venue seule.

Troy regarda Gena, les yeux plissés. Puis, son visage s'éclaira.

— Ah, les funérailles. C'était une dame prénommée Alice.

— Comment la connaissais-tu ? demanda Anne.

Troy se gratta la tête.

— Je ne la connaissais pas.

— Tu es allé aux funérailles d'une inconnue ? demanda Juniper.

— Ma mère la connaissait.

Anne fit anxieusement un pas vers l'avant, tentant de ne pas mettre davantage de poids sur sa jambe.

— Ta mère est là ?

Troy se gratta l'aisselle, cette fois-ci.

— Non.

Anne soupira. Elle voulait tout oublier, rentrer à la maison et s'allonger, mais les ficelles en avaient décidé autrement.

— Était-elle une bonne amie de ta mère ?

Troy se frotta le front. Anne ne put s'empêcher de penser qu'il était la personne la plus nerveuse qu'elle ait jamais connue.

— Maman ne la connaissait pas tant que cela.

— AAAAAAAAAAAAh !

Le cri de Gena fit sursauter Anne. Troy et Juniper sursautèrent aussi.

— Troy, tu viens tout juste de dire que ta mère la connaissait. Maintenant, elle ne la connaît pas ? Le temps passe. Elle la connaît ou pas ?

Troy se cacha les mains sous les aisselles et baissa le menton.

— La sœur de la dame décédée travaille avec ma mère à temps partiel. Elle la connaît depuis quelques années.

Anne se sentit soulagée. Peut-être arriverait-elle au fond de l'histoire, en espérant que cela se produise sans un autre cri de Gena.

— Connais-tu le nom de sa sœur ?

— Élise.

— Élise qui ? demanda Anne.

Troy haussa de nouveau les épaules.

— Sais pas.

— Sais-tu où elle habite ?

Troy se frotta le nez.

— Et comment le saurais-je ?

Les jambes d'Anne semblèrent tout à coup plus raides que du béton, et tout aussi lourdes.

— Bon, nous reviendrons peut-être quand ta mère y sera.

Lorsque les trois filles se retournèrent pour partir, Troy dit d'une voix hésitante :

— A-Anne ? Est-ce que je peux te parler un instant ?

Elles s'arrêtèrent toutes les trois. Quand Anne comprit qu'il voulait dire seul à seul, elle regretta d'être venue. Peut-être aurait-elle dû téléphoner. Ils pénétrèrent dans le salon tandis que Juniper et Gena attendaient sur le porche, de toute évidence tentant d'entendre des bribes de conversation.

Troy fixa le sol, nerveux.

— Je me disais… je me disais que… peut-être quand ta jambe se portera mieux, toi et moi pourrions aller voir un film, ou autre chose. Tu sais… faire quelque chose.

Les derniers mots furent prononcés si rapidement et à voix si basse qu'elle put à peine l'entendre. Il regardait toujours vers le sol.

L'estomac d'Anne s'écrasa comme une glace sur le pavé. Elle n'avait pas envie de faire quoi que ce soit avec Troy, mais elle n'avait pas non plus envie de le blesser. Pour une fois, les manières traditionnelles de sa mère lui furent utiles.

— Ce serait amusant, dit-elle, mais ma mère ne me laisse pas encore fréquenter les garçons. Elle me trouve trop jeune.

Il hocha la tête, le regard toujours fixé au sol.

— Je te verrai à l'école, dit-elle en se dirigeant vers la porte.

Les filles montèrent à vélo et se dirigèrent vers le coin de la rue. Gena avait le sourire fendu jusqu'aux oreilles. À l'arrêt, elles formèrent un cercle.

— T'a-t-il demandée en mariage? demanda Gena.

Anne lui rendit son sourire.

— Non, il voulait juste savoir si tu voulais sortir avec lui. Je lui ai dit que tu avais écrit son nom partout, puis je lui ai donné ton numéro de téléphone.

Le regard que Gena lui jeta voulait tout dire.

— C'est dommage, mais je serai probablement dans le coma, lorsqu'il appellera.

Juniper se pencha au-dessus de son guidon.

— Que faisons-nous, maintenant ?

Anne se pencha vers elle.

— Je n'en sais rien. Par contre, d'une manière ou d'une autre, j'ai besoin de savoir qui était cette Alice Lang.

— Pourquoi ? demanda Juniper. Pourquoi est-ce si important ?

Anne ne put répondre à sa question. Elle aurait aimé le savoir. Gena retira son casque de vélo et tira sur sa queue de cheval pour resserrer l'élastique.

— Retournons chez Anne consulter la main de la destinée. Après tout, nous sommes bien le Club des diseuses de bonne aventure, et non pas des détectives privés. Nous avons l'habitude de découvrir ce qu'il nous faut en consultant, entre autres, des cartes de tarot.

Anne opina du chef. Quand Gena était sérieuse, son esprit était logique. Évidemment, c'était une chose rare et quelque peu inquiétante, mais c'était la vérité.

— Allons-y, dit Anne.

Gena rajusta son casque sur sa tête, et elles partirent.

Elles virèrent sur la rue d'Anne, doucement pour qu'elle puisse suivre le rythme. Tandis qu'elles avançaient tranquillement dans l'entrée, elles y virent la mère d'Anne, les bras croisés, l'air sévère.

— Hum, ce n'est peut-être pas le moment, dit Juniper. Si nous revenions ce soir ?

— Je ne suis pas certaine, rigola Gena. D'après l'air de madame Donovan, je pense qu'il faudra compter dix bonnes années.

— À plus tard, murmura Juniper.

Alors qu'elles s'éloignaient, la confiance d'Anne s'envola. Qu'allait-elle raconter à sa mère ? Elle marcha à côté de son vélo jusqu'au porche, claudiquant en direction du regard sévère de sa mère.

CHAPITRE 6

Le pourquoi du comment

— J'espère que tu n'as pas brisé tes points de suture, dit sa mère, la bouche serrée d'inquiétude.

— Mais non, répondit Anne.

Elle tenta de passer devant sa mère pour se diriger vers la porte d'entrée, mais sa mère lui prit doucement le bras.

— Anne, rentrons discuter.

Anne n'avait nullement envie de discuter. Son seul désir était de s'allonger. Sa mère la suivit dans sa chambre. Les journaux étaient toujours épars. Anne les rangea proprement sur le sol, puis se hissa sur son lit.

— Je sais que tu es bouleversée à cause de ce week-end, et je ne te le reproche pas. Toutefois, une balade à vélo le lendemain d'une chirurgie est tout simplement idiot. As-tu perdu la tête ?

Anne émit un long soupir refoulé. Sa jambe la faisait souffrir. Sa mère avait trouvé les mots justes. Avait-elle perdu la tête ? Elle ferma les yeux et revit le camion se précipiter vers elle. Cette image la quitterait-elle un jour ?

— Alors ?

Anne ouvrit les yeux.

— Je voulais juste sortir un peu.

C'était la meilleure excuse qu'elle put trouver sur le coup. Elle n'avait pas envie de répondre à des questions. Son esprit était déjà trop chargé de ses propres questionnements.

Sa mère lui mit la main sur le front pour voir si elle faisait de la fièvre.

— Tu n'es pas tout à fait toi-même, aujourd'hui. Peut-être devrais-tu faire une sieste.

Anne soupira de nouveau.

— Je ne suis pas fatiguée.

— Aimerais-tu regarder la télévision ?

— Non, répondit Anne.

Anne ne s'était jamais sentie si mal fichue de sa vie. Elle se demandait si cela ressemblait aux symptômes du décalage horaire, même si dans son cas il s'agirait plutôt de décalage traumatique.

Sa mère se pencha et lui passa la main dans ses cheveux couleur de soleil. Sans un mot, elle se leva pour partir.

— Maman… attends…

Sa mère se rassit sur le lit. Son regard rappela à Anne toutes les fois où elle avait été malade et qu'elle était restée à la maison plutôt que d'aller à l'école. Sa mère lui jetait toujours ce regard. Le même mince sourire, ses yeux gris éclatants et la douceur de son expression. Anne prit sa main dans la sienne.

— Pourquoi les gens meurent-ils ?

Sa mère pouffa.

— Quelle question !

— Laisse-moi reformuler ma question. Pourquoi les gens meurent-ils à un moment précis ? Pourquoi tout le monde ne devient-il pas une personne âgée ?

— La vie est ironique. La mort fait simplement partie de la vie. Tu nais et tu meurs.

— Pourquoi la mort est-elle alors l'aspect le plus important de la vie ?

Sa mère lui lança un étrange regard.

— Je ne crois pas que ce le soit. Vivre est beaucoup plus important.

Anne se redressa, rassemblant rapidement ses pensées.

— Alors, pourquoi les policiers n'interrompent-ils pas la circulation pour les mariages et les remises de diplômes ? Si ça avait été le mariage de la dame, hier, je serais au camp des meneuses de claques, aujourd'hui.

— Bien, tout le monde ne fait pas la file en voiture pour un mariage ou une remise de diplômes. C'est idiot. Et crois-moi, je suis persuadée que tout le monde aurait plutôt préféré assister à son mariage.

Anne se sentit de nouveau anxieuse. Elle se frotta le visage et se demanda comment elle pourrait obtenir des réponses à ses questions. Sa mère avait dit qu'elle avait perdu la tête. C'est exactement ce qu'elle ressentait. Elle se sentait possédée, bousculée... Mais qui tenait les rênes ? Et pourquoi était-elle entraînée dans cette direction ?

— Repose-toi, et cesse de penser à l'accident, lui dit sa mère en lui tapotant le bras. Personne n'a dit que la vie était juste.

Anne mit son bras devant ses yeux.

— Elle ne l'est en effet pas !

Elle entendit sa mère refermer doucement la porte de sa chambre. En tendant la main, elle attrapa la main de la destinée, la serra dans sa main tout en la pétrissant. Gena avait raison.

« Après tout, nous sommes bien le Club des diseuses de bonne aventure, et non pas des détectives privés. Nous avons toujours réussi à résoudre des problèmes avec la divination. »

Posant la main à plat, elle lança la pièce de monnaie dans les airs.

Elle tomba sur l'index. Juniper avait écrit au marqueur bleu *Le sort en décidera.*

— Je l'espère bien, se dit Anne.

Elle prit son téléphone en forme de chat et téléphona à Juniper. Le répondeur se déclencha. Anne ne laissa pas de message. Elle appela Gena.

— Allo, dit Gena, la voix inquiète.

— Que faites-vous ? demanda Anne.

— Que faisons-*nous* ? Et *toi* ? Ça va ? As-tu été punie ? Ta mère t'a-t-elle suspendue par les pouces ?

Gena alignait les questions à la vitesse de la lumière.

Anne éclata de rire.

— Je ne suis pas punie. Je n'ai jamais été punie.

— Tu n'as jamais non plus caché tes résultats d'examen de mathématique à ton père, dit Gena avec autorité.

Anne roula sur le ventre, une petite crampe dans le mollet.

— Nous devons tenir une véritable rencontre, dit-elle. Est-ce que Juniper et toi pouvez revenir ?

Anne entendit la voix étouffée de Gena, qui discutait avec Juniper.

— Hum, allons-nous être grondées par ta mère au sujet des dangers de faire une balade à vélo après une opération ?

— Non, mais vous aurez affaire à moi, si vous ne revenez pas.

— À vos ordres ! lança Gena d'une voix militaire avant de raccrocher sans même dire au revoir.

* * *

Quelques instants à peine suffirent avant qu'elle ne les entende sonner à la porte, mais une éternité passa avant qu'elles ne pénètrent doucement dans sa chambre sans dire un mot.

— Qu'est-ce que ma mère vous a dit ? demanda Anne en voyant leur air coupable.

— Qu'a-t-elle dit ? dit Gena. Je croyais que tu avais dit que nous ne serions pas grondées !

Juniper s'adossa au pied du lit et ébouriffa le volant du baldaquin.

— Elle a dit que nous n'aurions pas dû être à vélo. Elle a dit que tu avais besoin de repos. Oh, et que si tu désirais sortir de nouveau, nous ne devrions pas t'encourager.

— J'ai essayé de lui dire que c'était ton idée. Que tu nous avais obligées, dit Gena, mais elle croit toujours que nous exerçons sur toi une mauvaise influence, ajouta-t-elle avec un grand sourire.

— Elle ne croit pas vraiment cela, dit Anne, tentant de se relever sur son lit. Si elle le croyait, vous ne seriez pas ici.

— Pourquoi sommes-nous là ? demanda Juniper. Tu as demandé une rencontre. Tu dois avoir d'autres idées au sujet de cette dame qui est décédée.

En effet.

— Je pensais au destin. Et si j'étais allée au camp ?

Gena se boucha le nez.

— Tu aurais eu à endurer le parfum nauséabond de Beth.

— Non, sérieusement ! Est-ce qu'il me serait arrivé quelque chose de pire ? Cette dame serait-elle morte pour me protéger de quelque chose ?

Gena haussa les épaules.

— Les meneuses de claques auraient pu t'échapper au cours d'un lancer ; tu aurais pu chuter et te briser la nuque. Ou, pire encore, tu aurais pu suffoquer à respirer le parfum de Beth.

— Justement ! dit Anne. Je crois qu'elle est morte pour me sauver.

— Mais elle ne te connaissait même pas, ajouta Juniper. Pourquoi aurait-elle fait ça ?

Anne sentit le désespoir l'envahir de nouveau. Elle ne put se retenir.

— Voilà ce qu'il me faut découvrir.

Juniper s'assit près d'Anne, son visage exprimant la confusion.

— Il me semble qu'Alice Lang aurait choisi de mourir à un moment où elle aurait pu aider quelqu'un qu'elle connaissait. Quelqu'un de plus proche. Je veux dire, sérieusement, mourir pour sauver quelqu'un, quel sacrifice ! Ce serait une véritable preuve d'amour.

— Le destin est une bête étrange ! dit Gena, levant un doigt dans les airs.

— Peut-être me connaissait-elle, sans me connaître, dit Anne. Je crois que d'une certaine manière, dans un univers parallèle, elle et moi sommes unies.

CHAPITRE 7

La séance

— Unies ? dit Juniper, le regard interrogateur.

— Je ne peux l'expliquer, dit Anne. C'est une impression que j'ai. Attends, ce n'est pas qu'une impression, c'est une certitude.

Anne aurait souhaité pouvoir fournir une meilleure explication… pour préciser ce qu'elle ressentait vraiment. Son lien avec Alice Lang lui semblait tout aussi réel que sa participation au Club des diseuses de bonne aventure.

Juniper repoussa ses cheveux derrière ses oreilles.

— Unies ? Comme des âmes sœurs ?

— Ou, dans ce cas, comme des destinées sœurs, dit Gena.

Anne leva les yeux au ciel et acquiesça.

— En effet, quelque chose du genre.

— Bon, alors qu'attendons-nous ? demanda Juniper. Ne croyez-vous pas qu'il nous faudrait trouver des réponses ?

« Voilà que nous avançons », songea Anne en se redressant.

— Oui, j'ai besoin de réponses à mes questions.

— Comment ? demanda Gena.

Juniper se tourna vers Anne. Celle-ci prit la main de la destinée et serra la paume.

— J'imagine que cela pourrait nous être utile ?

Juniper secoua la tête.

— Réfléchissons un instant. Quelqu'un est mort. Sa mort a eu un impact énorme dans ta vie. Elle a foutu ton week-end en l'air, et tu crois qu'elle avait une raison de le faire.

— C'est ça, dit Anne, ignorant où Juniper voulait en venir.

— Alors, ne devrions-nous pas consulter la personne décédée elle-même ? demanda Juniper.

Gena se pencha vers l'avant, l'expression incertaine.

— Le plateau de Ouija ?

— Non, dit Juniper, une séance !

— Non ! Oui ! s'écrièrent en même temps Gena et Anne.

— Nous n'allons pas convoquer celle qui a détruit ton week-end de meneuses de claques ! dit Gena, le regard paniqué. Et si elle décidait qu'elle n'avait pas causé suffisamment de problèmes ?

Anne serra bien fort la main de la destinée. Une séance semblait tout indiqué.

— J'ai besoin de réponses, Gena. Juniper a raison. Si nous pouvons l'amener ici, peut-être découvrirons-nous ce qui se passe.

— Et si nous découvrons quelque chose que nous ne voulons pas savoir ? Et si elle ne veut plus partir ? Et si elle me suivait jusque chez moi ?

— Franchement… dit Juniper. Si elle est unie à Anne, pourquoi *te* suivrait-elle à la maison ?

Gena prit l'ourson en peluche sur le lit d'Anne et le serra très fort dans ses bras.

— Je ne suis pas prête à prendre le risque.

— Pourquoi pas ? dit Anne, marcha clopin-clopant jusqu'à la commode. Peut-être pourrait-elle ranger ta chambre.

Juniper éclata de rire.

— Ouais, et quand elle aura terminé, elle pourra faire tes devoirs.

— Bon ! Il n'y a pas l'ombre d'une chance, dit Gena.

Anne revint avec une petite chandelle rose en forme de cœur dans un petit plat de cristal. C'était un cadeau de Saint-Valentin de la part d'un garçon de l'école, mais Anne ne se souvenait plus qui c'était. Elle recevait de nombreux valentins.

— Rose ? demanda Gena. Nous allons tenir une séance avec une chandelle rose ? Pas que ça me réjouisse, et je pense encore à me sauver, mais rose ?

— C'est la seule chandelle que j'ai, dit Anne.

Elle tira les rideaux des fenêtres en souhaitant qu'ils aient été plus épais. Le soleil de l'après-midi était encore trop brillant.

Juniper éteignit la lumière de la chambre.

Elles s'installèrent en cercle au sol, Anne tentant de s'installer confortablement malgré sa jambe. Juniper craqua une allumette.

La chambre semblait suffisamment sombre. La flamme dessina des ombres sur les murs. Les visages brillants de ses poupées formaient des éclipses comme des lunes. Et leur silhouette prenait des proportions gigantesques.

Anne regarda fixement la flamme immobile.

— Je crois que nous devrions nous tenir les mains.

Personne ne souffla mot. Gena et Juniper tendirent les mains. Anne les prit dans les siennes.

Le silence remplit la chambre comme un frisson. Anne n'était pas certaine de la procédure. C'était sa toute première séance. À son avis, c'était aussi la première séance du Club des diseuses de bonne aventure. Juniper n'avait jamais parlé d'une séance à laquelle elle aurait participé. Et Gena… bon… c'était bien évident.

— L'une d'entre nous devrait-elle lui adresser la parole ? murmura Anne.

Bien que les trois filles aient eu la tête baissée, leur regard allait de l'une à l'autre. Anne sentit la prise de Gena se resserrer.

— Peut-être devrais-tu l'appeler, murmura finalement Juniper en guise de réponse. J'ai cette étrange sensation qui s'empare de moi quand quelque chose de surnaturel est sur le point de survenir.

Gena secoua la tête nerveusement.

Anne prit une grande inspiration. Elle la laissa doucement filer, détendant du coup ses muscles. Elle avait laissé ses yeux se fermer, puis inspira de nouveau profondément. Le camion roula vers elle pendant un instant, mais elle chassa rapidement cette image. Elle voyait maintenant le corbillard. Et la main de la destinée.

« Étrange. »

Anne parla doucement.

— Nous tentons d'invoquer l'esprit d'Alice Lang. Alice Lang, m'entendez-vous ? Alice, nous avons besoin de vous parler. S'il vous plaît.

Le silence, de nouveau, sauf pour la respiration saccadée de Gena. Anne tenta de relâcher la prise de Gena pour lui faire signe de se détendre. Gena serra encore plus fort.

— Alice, poursuivit Anne, faites-nous sentir votre présence. Nous invoquons Alice Lang. S'il vous plaît, faites-nous sentir votre présence.

Le bruit de la chandelle fit ouvrir les yeux à Anne. La flamme crépita, faiblit et crépita de nouveau.

— Vous avez vu ça ? murmura Gena, broyant les doigts d'Anne.

« Ouf, si Gena a peur maintenant, imaginez ce que ce serait, si nous avions procédé le soir », songea Anne.

La flamme baissa.

— Oh ! haleta Gena.

— Chut ! dit Juniper d'un ton agacé.

« Bon », songea Anne.

Elle ferma de nouveau les yeux,

— Alice, êtes-vous là ?

Rien. Aucun bruit. Pas de crépitement. Juniper prit la parole.

— Alice Lang, donnez-nous un signe. Laissez-nous savoir que vous êtes là.

Toujours rien, sauf…

— Sentez-vous ça ? demanda Juniper dans un murmure nerveux.

— Ce n'était pas moi, rigola nerveusement Gena.

— Un peu de sérieux ! dit Juniper d'un ton sec. Vous sentez cela ?

Anne le sentait. Une odeur familière, mais une qu'elle ne sentait pas fréquemment.

— Qu'est-ce que c'est ?

Elles restèrent toutes trois immobiles à humer l'air. Puis, Anne eut une inspiration.

— C'est du talc. Ça sent la poudre pour bébés.

— Oui, dit Juniper.

Anne huma à fond. C'était extra. Se détendant, elle referma les yeux.

— Alice, êtes-vous là ?

Elle ignorait quel genre de réponse elle attendait. Comment les morts communiquent-ils ? Du talc ? C'était ça ? C'était déjà mieux qu'une odeur de mort, qu'Anne imaginait aigre, renfermée et humide, comme des espadrilles détrempées oubliées dans un vestiaire de l'école tout un week-end.

— Alice, si c'est vous, je dois vous connaître. Il semble que nous soyons unies d'une manière ou d'une autre. Pouvez-vous me donner un indice ?

Elle commençait à se demander si l'idée du plateau de Ouija de Gena n'était pas une meilleure idée. Au moins, Alice aurait pu épeler des réponses.

— Alice, murmura Juniper, la voix cassée. Si vous êtes présente, faites monter la flamme de la chandelle.

Les membres du Club des diseuses de bonne aventure baissèrent les yeux d'un seul coup vers la chandelle. Anne attendit. En quelques secondes, la flamme grandit un peu.

— Elle est là, dit Anne.

Elle en eut le souffle coupé, pas tellement par la peur, mais plutôt à cause de la présence en elle-même. Anne la sentait tout autour d'elle comme une couverture enveloppante.

« Est-ce ce qui se produit, après la mort ? Nous devenons une boule chaude et douillette qui flotte dans un univers invisible ? »

Elle calma ses pensées.

Maintenant, la prise de Juniper était aussi serrée que celle de Gena. Anne tenta de détendre ses doigts, question de transmettre les vibrations douillettes qu'elle ressentait à Juniper et Gena.

« Personne ne devrait avoir peur. Pas de cet esprit. »

Pourtant, ses efforts furent vains, puisque les deux filles continuèrent à lui serrer les mains en tremblant.

Juniper laissa échapper un soupir inquiet.

— Alice, nous aimerions vous poser quelques questions. Faites monter la flamme pour dire oui, et diminuer pour dire non.

Anne songea que c'était là la solution idéale.

— Alice, dit-elle, sommes-nous unies ?

La flamme s'éleva légèrement. Elle demeura haute et mince comme une paille orangée. La question sembla idiote, puisqu'Anne connaissait déjà la réponse, mais ce fut un double soulagement qu'elle lui soit confirmée.

— Est-ce que je vous connaissais ?

La flamme grandit, diminua et s'éleva de nouveau. Anne fut confuse.

« Qu'est-ce que cela signifiait ? »

— Est-ce que vous me connaissiez ?

La flamme se tint bien haute de nouveau.

Anne était consciente que plus personne ne respirait. Elle laissa échapper une respiration lente, inquiète qu'une exhalation aurait un effet sur la flamme.

— Comment est-ce que vous me connaissiez ?

Anne savait qu'il serait impossible à Alice de répondre à cette question par l'entremise de la flamme. Elle devait la reformuler.

— Pouvez-vous me montrer comment vous me connaissiez ? Pouvez-vous me donner une réponse ? J'ai vraiment besoin de savoir comment vous êtes décédée. Pourquoi je ne suis pas Meneuse de claque de l'année. Pourquoi toute cette histoire me ronge les sangs.

La flamme crépita et vacilla — s'élevant, diminuant, s'éteignant presque. Puis, un long miaulement perçant brisa le silence, faisant sursauter les trois filles de surprise. Le téléphone en forme de chat retentit de nouveau. Anne prit sa main libre pour se tenir la poitrine. La flamme de la chandelle s'éteignit, laissant un petit sillon de fumée grise.

Anne se souleva pour répondre à la troisième sonnerie.

— Allo ?

— Est-ce Anne ? dit une voix de garçon dans l'appareil.

— Oui.

— C'est Troy.

Anne sentait encore son cœur se débattre, comme lorsque le camion se dirigeait vers elle.

— Oui, dit-elle, tentant de reprendre son souffle.

— Tu te souviens m'avoir questionné à propos de cette dame qui est décédée ? Je t'ai dit que sa sœur travaillait avec ma mère ?

— Évidemment, dit Anne.

Elle vit que Juniper lui faisait des signes pour savoir qui était à l'appareil, mais Anne les ignora.

— Eh bien, dit Troy, ma mère vient d'arriver à la maison.

— Et alors ? demanda Anne.

— Et je lui ai posé les questions que tu m'as posées.

— Qu'a-t-elle répondu ?

Troy hésita.

— Elle voulait savoir pourquoi tu posais ces questions.

Anne se gratta la tête, tentant de réfléchir et de garder son calme à la fois.

— Oh… je voulais simplement présenter mes condoléances à sa sœur.

Le mensonge semblait plausible.

— Bon, dit Troy.

Anne pouvait presque le voir s'agiter à l'autre bout de l'appareil.

— En tout cas, elle a dit que son nom était Élise Thurston et qu'elle habitait au 226, rue Centre.

— Attends ! dit Anne, se lançant presque sur la table de chevet pour attraper un crayon. Elle nota le nom et l'adresse sur la partie supérieure d'une chronique nécrologique.

— Merci, je t'en dois une !

— Génial !

Anne ne se préoccupa pas de son enthousiasme à la suite de sa dernière remarque ; elle y penserait plus tard.

Gena, qui semblait maintenant beaucoup plus calme, dit :

— J'en conclus que ce n'était pas Alice qui t'appelait de l'Au-delà pour te donner toutes tes réponses.

Anne y réfléchit un instant. En fait, d'une certaine manière, c'était peut-être le cas.

CHAPITRE 8

Aux portes du destin

— **B**on, dit Gena. Analysons le tout avec logique.

Juniper parut surprise.

— Depuis quand fais-*tu* preuve de logique ?

Gena s'éclaircit la gorge.

— Suivez-moi attentivement.

Elle prit le ton d'un enseignant juste avant la distribution des examens.

— Bon, admettons que par miracle, ta mère te laisse sortir. Et admettons que tu trouves où habite cette Élise Thurston. Bon, admettons, le cas échéant, qu'Élise est du genre à inviter une fille étrange chez elle pour discuter de la vie et de la mort de sa sœur adorée. Vous me suivez toujours ? Puis, admettons que tu découvres toute cette information qui te perturbe depuis l'accident d'hier. Crois-tu vraiment trouver des réponses à toutes tes questions ?

Anne s'effondra et leva les yeux au ciel.

— Que cherches-tu vraiment à savoir, Gena ?

— Comment cette Élise saura-t-elle quel genre de lien psychique t'unissait à sa sœur ? Elle pensera que tu es simplement cinglée !

Juniper s'éclaircit la gorge.

— Pas nécessairement. Admettons qu'Anne trouve toutes les réponses dont elle a besoin. Admettons qu'elle en est satisfaite. Admettons qu'on puisse reprendre le cours normal de notre vie.

Anne ne savait que penser du commentaire de Juniper.

— Hé ! De quel côté es-tu ?

— Du tien, dit Juniper. Je sais ce que c'est que d'avoir une union psychique. J'ai déjà été dans cette situation. Je sais que ça te suit partout. Tout va pour le mieux, quand on découvre ce que l'on cherche.

Anne se détendit. Juniper marquait un point. Il s'agissait de trouver Élise Thurston.

Elle ouvrit les rideaux de sa chambre, mais aucune lumière ne pénétra par la fenêtre.

— Il est trop tard pour faire quoi que ce soit, ce soir. Nous devrons attendre à demain.

Gena sourit.

— Nous ? Si je comprends bien, demain nous irons rendre visite à Élise Thurston.

— Tu n'es pas obligée de venir, dit Juniper. Anne et moi pouvons y aller seules.

— Tu rigoles ? dit Gena. Après cette séance terrifiante et la chandelle dansante, je ne veux rien manquer.

Anne se réinstalla sur le lit, tout sourire.

— Ouais. Notre toute première séance. On peut dire que ce fut une réussite.

— Tu sais ce qui serait encore mieux ? demanda Juniper avec un sourire en coin. Si le fantôme suivait vraiment Gena jusque chez elle.

— Oh, merci beaucoup ! dit Gena, le visage blanc comme du lait. Moi qui commençais à peine à me remettre de ma frayeur.

Anne prit la main de la destinée.

— Ne t'inquiète pas. Elle n'ira nulle part. Souviens-toi… elle est unie à moi.

Le lendemain matin, quand Anne se réveilla, sa jambe ne lui faisait plus aussi mal, mais elle était toujours raide. Son objectif principal était de marcher norma-lement et de convaincre ses parents qu'elle allait mieux. Elle s'exerça à traverser sa chambre. Ce n'était pas facile. Elle avait l'impression de traîner sa jambe gauche dans une mare de colle. Elle se dit que c'était comme de la gymnastique. Il fallait réchauffer les muscles. Après un certain temps, sa jambe était suffisamment détendue pour que sa démarche paraisse normale.

— Bien, bien, regardez-moi ça ! dit son père, baissant son journal du dimanche. Si ce n'était de ce pansement sur ta jambe, je dirais que tu es comme neuve.

« Et si ce n'était de ces funérailles, je serais Meneuse de claque de l'année. »

Elle lui sourit.

— Et je me sens en pleine forme, dit-elle.

« Quel mensonge ! »

— Chérie, ça fait plaisir à entendre.

Anne prit un muffin aux bleuets de la boîte en fer-blanc et mordit dedans. Il était encore chaud et lui procurait cette familiarité du dimanche matin qu'elle aimait tant.

— Où est maman ?

— Elle avait des trucs à faire à l'église, ce matin. Je crois qu'elle voulait surtout remercier le pouvoir divin. Depuis vendredi soir, elle n'arrête pas de répéter à quel point nous sommes chanceux que les choses n'aient pas été pires que cela, dit son père.

Anne acquiesça. Son cœur avait la douce chaleur d'un muffin. Elle était aussi heureuse que les choses n'aient pas pris un virage plus dramatique. Pas seulement pour elle, mais également pour ses parents.

Elle était incapable de les imaginer aux prises avec une telle souffrance émotive. Évidemment, cela rendait son entreprise d'autant plus difficile.

— Papa, Centre, c'est tout près, non ?

— Centre ?

— Oui, oui, la rue Centre.

Son père tourna la page de son journal sans la regarder.

— La rue Centre est une impasse dans la vieille partie de la ville, près d'où j'ai grandi.

— Tu veux dire ce vieux quartier délabré près du parc de bois d'œuvre ?

— Non, répondit son père en secouant la tête.

Il fit une pause pour prendre une gorgée de café.

— C'est près de l'ancienne école secondaire qui a été transformée en garderie, non ?

Sa dernière question ne semblait pas lui être adressée.

Anne se sentit revivre. Elle savait bien où c'était. Même si le trajet était difficile, elle pourrait d'abord se reposer chez Juniper.

Sa maison était plus près de l'ancienne école secondaire.

— Puisque je vais mieux, je crois que je vais aller chez Juniper à vélo… d'accord ?

Son père était absorbé par un article sur le sport.

— Oui, oui.

— Génial ! Je t'aime, papa !

Anne attendit qu'il ait quitté la cuisine avant de boiter jusqu'à sa chambre. Elle appela alors Juniper.

— C'est réglé. Je partirai dès que je serai habillée.

— Tu sais où Élise Thurston habite ? demanda Juniper.

— À peu près. Nous trouverons bien. De toute façon, je dois me dépêcher, avant que ma mère ne revienne de l'église.

La balade jusque chez Juniper fut moins pénible que prévu. Après tout, elle n'avait pas vraiment envie de se reposer, sauf qu'elles durent attendre Gena, qui arriva finalement.

— Allons-y ! dit Anne.

La circulation du dimanche matin était lourde, mais personne ne semblait pressé.

En traversant une intersection achalandée, Anne sentit sa jambe se raidir de nouveau tandis que l'image du camion roulant vers elle s'imposait dans son esprit. Elle chassa l'image et poursuivit sa route. Elle ne put aussi s'empêcher de songer à ce que sa mère dirait si elle savait ce qu'elle tramait. Elle serait probablement punie pour la toute première fois. Elles traversèrent la rue en marchant à côté de leur vélo, juste avant que le feu passe au rouge, puis remontèrent en selle.

— Es-tu certaine de savoir où l'on va ? demanda Gena, haletant à cause du long trajet.

— Non, dit Anne en pouffant de rire. Aide-moi plutôt à trouver l'ancienne école secondaire.

Juniper pointa vers la droite.

— C'est par là.

Elles prirent donc cette direction.

Les rues commencèrent à se ressembler : étroites, avec des voitures garées dans la rue, de petites maisons en brique à la peinture délavée et aux bardeaux gris mornes. Anne se souvint que son père l'y avait amenée une fois pour lui montrer la maison où il avait grandi il y avait de cela x années. Elle n'était pas certaine de ce que signifiait « x années », mais c'était là son expression préférée.

Elles parcouraient un labyrinthe, montant et descendant rue après rue. Sans trouver d'impasse. Finalement, elles arrivèrent devant un petit parc et, juste au-delà, la vieille école secondaire.

— Nous sommes dans le bon quartier, dit Juniper. Si nous zigzaguons suffisamment, nous devrions trouver.

— Pendant ce siècle, je l'espère, soupira Gena.

Anne ne dit mot. Elle mena la course. Quelques minutes plus tard, elles tournèrent sur l'avenue Centre. À peu près au milieu, il y avait une impasse.

Il s'agissait d'une petite rue en boucle, bordée de buissons et remplie de voitures garées. Anne trouva le 226, une singulière maison jaune découpée de blanc. Elle paraissait vive dans la grisaille des nuages de pluie matinaux qui s'étaient amassés tout à coup. Anne se dit que la petite maison devait bien avoir « x années » au moins.

Elles montèrent leur vélo sur le trottoir. Anne n'hésita pas un instant. Elle avait déjà fait tant de chemin. Elle y était arrivée. Elle n'allait pas reculer maintenant.

Juniper et Gena restèrent sur place pendant qu'Anne sonnait. C'était plutôt un carillon qu'une sonnerie.

« S'il vous plaît, faites qu'il y ait quel-qu'un ! » songea-t-elle.

La porte s'ouvrit sur une petite jeune femme aux cheveux blond foncé et au visage doux. Elle fut sous le choc, en voyant Anne. Elle la regarda fixement de ses yeux bleus mouillés de larmes.

— Oh non, c'est toi !

CHAPITRE 9

Le pays des merveilles

— Oui, dit Anne, ne sachant trop pourquoi la dame avait prononcé ces
paroles.

La femme ferma les yeux et secoua la
tête, comme si elle tentait d'effacer les
paroles d'Anne. Elle ouvrit les yeux et prit
une inspiration profonde.

— Je suis désolée. Hum, puis-je t'être utile ? dit-elle.

Juniper et Gena se tournèrent vers Anne. Le silence fut lourd un moment, puis Anne dit :

— Êtes-vous Élise Thurston ?

— Oui, dit la dame, le visage dur comme la pierre.

— Je m'appelle Anne, et j'ai été impliquée dans l'accident de vendredi.

Elle se retourna pour montrer le pansement sur sa jambe.

La dame ferma de nouveau les yeux. Elle avait les poings serrés.

— Oh là là, dit-elle.

Elle se pâma légèrement, puis ouvrit les yeux.

— Le week-end a été pénible pour moi.

— Je suis désolée, madame Thurston, dit Anne. J'ai simplement quelques questions à vous poser à propos de votre sœur.

Élise Thurston leva la tête bien droite. Elle prit une autre inspiration, puis passa ses doigts dans sa chevelure blonde.

— Peut-être pourriez-vous entrer.

Gena serra le bras d'Anne pour la retenir.

— Ça va, murmura Anne. Elle travaille pour madame Messina. Elle ne peut pas être bien dangereuse.

Les filles suivirent Élise Thurston à l'intérieur. La pièce avant était beaucoup plus vaste qu'Anne ne l'aurait cru à voir la maison de l'extérieur. Les planchers étaient en bois franc et couverts de tapis, de tables jonchées de magazines et de chandelles décoratives. De toute évidence, c'était un intérieur féminin.

— Madame Thurston, entama Anne, s'assoyant sur le canapé or foncé.

— Appelle-moi Élise, s'il te plaît. « Madame Thurston » sonne vieux ou comme si j'étais une enseignante.

Elle sourit pour la première fois.

— D'accord… Élise…

L'esprit d'Anne bégaya. Maintenant qu'elle était devant elle, elle ne savait plus comment formuler ces questions qui l'étouffaient depuis quelques jours.

Juniper, debout à côté du canapé, prit la parole.

— Pourquoi avez-vous dit : « C'est toi ! », en apercevant Anne, tout à l'heure ?

Anne n'aimait pas que Juniper inter-
vienne, mais elle avait posé une bonne
question.

Élise rougit légèrement.

— Oublie ça. J'ai cru que tu étais quelqu'un d'autre.

— En tout cas, dit Anne, voici Juniper
et Gena. Nous sommes là pour obtenir
quelques renseignements.

— Oui. Tu voulais savoir à propos de
ma sœur. Que désires-tu savoir ?

— Je voulais savoir pourquoi elle est
morte, demanda Anne rapidement.

— Alice était atteinte d'un cancer rare.
Elle a survécu environ douze ans. Elle a été
chanceuse de vivre si longtemps. Et j'ai
aussi été chanceuse qu'elle vive si longtemps. La maison sera bien vide, sans elle.

Des larmes s'accumulèrent au bas de
ses yeux, sans vraiment couler.

— Elle était plutôt jeune, non ? demanda
Anne.

— Oui, et plutôt vive, pour une femme
en phase terminale. Tu vois ce tableau,
près de la fenêtre ? C'est elle qui l'a peint.

Elle voyait les couleurs mieux que quiconque.

Élise regarda le tableau comme si elle en faisait partie.

Anne dut admettre que le tableau était superbe. Une toile d'araignée fort réaliste suspendue à un cornouiller en fleurs. Autour de l'arbre, il y avait des touffes de fleurs radieuses. Ce qu'il y avait d'unique, c'était cette toute petite bonne femme blonde qui dormait dans la toile d'araignée.

Gena se dirigea vers le tableau et se pencha vers lui, examinant chaque détail. Anne aurait aimé qu'elle s'assoie. Gena faisait les cent pas depuis qu'elles étaient entrées, touchant à tous les bibelots sur toutes les tables et tablettes. Anne aurait voulu lui crier d'arrêter de fouiner, mais elle concentra plutôt son attention sur Élise.

— Elle devait être unique.

Élise acquiesça. Cette fois-ci, les larmes coulèrent.

— La souffrance a quelque chose de beau. Alice a tant perdu, durant son séjour ici. Tellement.

Ces paroles ne s'adressaient à personne en particulier.

— Ton nom de famille est Thurston, mais celui d'Alice était Lang. Était-elle mariée ?

— Pendant une courte période. Elle a épousé Bob Lang, son premier amoureux. Ils se sont mariés juste après leur remise des diplômes. Elle a appris qu'elle était malade environ un an plus tard. Les traitements étaient épouvantables. Bob n'était pas à la hauteur. L'ancienne vedette de l'équipe de football de l'école secondaire a été incapable de vivre avec le stress d'une femme en phase terminale. Il l'a quittée.

— C'est horrible ! s'écria Anne. Quel imbécile.

Élise sourit.

— Voilà l'un des surnoms les plus gentils qu'il ait reçus. En tout cas, il s'est évanoui dans la brume. Nous n'en avons plus jamais entendu parler, depuis la signature des documents du divorce.

Anne eut tout à coup l'impression d'abuser. Tant de questions personnelles. Pourtant, elle voulait en savoir plus.

— Alice était-elle, hum… comment dire… quelqu'un de sensible ?

Elle savait que ce n'était pas tout à fait le mot qu'elle aurait voulu employer, mais elle se dit qu'il valait mieux user de prudence.

— Si tu veux dire quelqu'un qui aime les animaux et les enfants, et prendre plaisir aux réalisations d'autrui, alors oui, il n'y avait personne d'aussi sensible qu'elle.

Juniper se pencha vers l'avant, appuyant son bras au dossier du canapé.

— En fait, je crois qu'Anne voudrait savoir si Alice était télépathe ?

Et voilà pour la prudence ! Anne eut un mouvement de recul à la question brusque de Juniper, mais Élise hocha doucement la tête, réfléchissant à la question.

— Pas vraiment télépathe, mais elle sentait des choses. Des choses bizarres.

— Puis-je me permettre de vous demander quel genre de choses bizarres ? demanda Anne, avide de savoir tout en tentant de garder son calme et de rester polie.

— Elle pouvait prévoir la météo sans quelque bulletin que ce soit. J'avais plus confiance en ses prévisions qu'en celles du chroniqueur météo.

— C'est génial ! carillonna Juniper.

— Je détestais visionner des films à suspense avec elle, toutefois. Elle résolvait toujours l'intrigue avant la fin. Elle ne faisait pas qu'avoir une idée de ce que pouvait être la fin ; elle perçait vraiment le mystère. Il en allait de même avec les livres.

— Elle aimait la lecture ? demanda Anne.

— Elle adorait lire. Principalement des classiques et un peu de poésie. Je me moquais d'elle en disant que c'était ennuyeux. J'ai tenté de lui faire lire le *Paris Match*, tu sais, juste pour égayer le tout, mais elle disait qu'elle n'avait pas de temps à perdre avec ces bêtises. Ce qui est étrange, c'est que vers la fin, elle avait pris l'habitude de lire des livres pour enfants.

Élise fronça alors les sourcils pour marquer l'étrangeté de la situation.

— Pour en revenir à la télépathie, dit Juniper, dont les mots se bousculaient dans la bouche, a-t-elle déjà résolu de vrais mystères ?

Élise se retourna vers Juniper. Son visage semblait vidé de son sang. Sans cligner des yeux, elle dit :

— Elle a su que nos parents avaient été tués quelques instants avant l'appel qui nous en informait.

À ces mots, même Gena cessa de lambiner. Anne ne savait quoi dire. Jusqu'à maintenant, elle avait appris qu'Alice était une jeune femme amoureuse des arts, des classiques et de la nature, et sensible à ce qui l'entoure. Et, oui, elle était télépathe. Toutefois, rien de tout cela n'avait à voir avec son union avec elle. Une horloge retentit sur le manteau de la cheminée, la ramenant à la réalité.

Anne se rapprocha d'Élise.

— Ça a dû être très dur pour vous. Quel âge aviez-vous, quand ils sont morts ?

Élise ferma les yeux et se gratta le front.

— J'avais huit ans ; Alice en avait quinze.

Elle se frotta le visage comme pour signifier que toutes ces questions la bouleversaient.

— Je suis désolée. Je ne suis pas une très bonne hôtesse. Puis-je vous offrir à boire ? Une boisson gazeuse, ou un punch aux fruits ?

Anne s'apprêtait à refuser lorsque Gena lança :

— J'adorerais un verre de punch aux fruits.

— Et vous ? demanda Élise.

Élise se leva et s'éloigna rapidement vers la cuisine. Gena se précipita vers le canapé. De sa voix la plus douce, elle murmura :

— Anne, ça me donne la chair de poule. Buvons le punch, et allons-nous-en !

— Oh, Gena, tu as peur de tout, murmura à son tour Anne. Cesse d'être si théâtrale.

— Moi ? Et qui est chez une étrangère à poser des questions au sujet d'une femme morte qu'elle n'a jamais vue mais qui est persuadée qu'elles ont un quelconque lien dans un univers parallèle ? Même

Shakespeare n'inventerait pas un tel drame.

— Je crois que nous en avons suffisamment appris pour aujourd'hui, dit Juniper d'une voix un peu plus forte que les autres. Je suis d'accord avec Gena ; laissons cette dame se reposer.

Élise revint avec trois gobelets en papier remplis de punch.

— Voilà.

Anne se leva pour prendre le sien. Elles burent en regardant autour d'elles. Gena recommença à arpenter la pièce. Juniper lui emboîta le pas.

— Merci d'avoir répondu à mes questions, dit Anne. Ce ne doit pas être facile pour vous, en ce moment.

Élise sourit à Anne, les paupières à demi fermées.

— Ça ne me dérange pas. Je crois que tu devrais savoir à quel point Alice était particulière. Elle aurait aimé que tu viennes ici.

Anne sentit un frisson la parcourir. Elle finit son punch, puis tendit à Élise le gobelet vide.

Ramassant les gobelets de Juniper et de Gena, Élise dit :

— Je reviens tout de suite.

Gena fit signe à Anne.

— Hé ! Viens vite ici !

« Quoi encore ? » songea Anne en se dirigeant vers Gena et Juniper.

Juniper regardait fixement le manteau de la cheminée.

Gena recula un peu, hochant la tête en direction de la photo qui obsédait Juniper.

— Je crois que nous avons découvert le lien, dit-elle.

Sur la photo, il y avait deux fillettes. Une, d'environ cinq ans, était vêtue d'une barboteuse rose avec de petits boutons en forme d'éléphant. L'autre, d'environ douze ans, se tenait près d'elle. De longs cheveux blonds. Les yeux bleu clair. Anne faillit s'évanouir, en la voyant. Elle s'appuya au manteau de la cheminée.

« C'est impossible. »

Cette fille aurait pu être son sosie !

CHAPITRE 10

C'est écrit dans le ciel

— Alors, pourquoi ne pas l'avoir questionnée au sujet de la photographie ? dit Gena lorsqu'elles stoppèrent à l'intersection suivante pour discuter.

Anne était encore bouleversée. Toute cette histoire lui donnait des frissons.

— J'avais peur de le faire. De plus, j'ai eu ma réponse, non ? Vous avez vu ? Ce devait être Alice. Vous avez vu ?

Elle tentait de ne pas laisser transparaître la panique dans sa voix, en vain.

— Si nous l'avons *vue* ? dit Gena. Anne, je la vois en ce moment. Cette fille était ta jumelle.

Juniper se pencha vers l'avant, tenant son vélo en équilibre avec ses genoux. Elle serra le bras d'Anne.

— Nous devons aller au fond de cette histoire. Elle doit être une de tes cousines, ou quelque chose du genre. Peut-être du côté de ta mère.

Anne hocha la tête.

— Je connais tous mes cousins des deux côtés. Ils sont tous plus âgés. Aucun ne me ressemble.

Gena se remit en selle, un pied sur la pédale, l'autre au sol.

— Tu n'as aucun cousin de ton âge ?

Anne secoua la tête. Comment Alice pourrait-elle être sa cousine ? C'était impossible.

— Aucun cousin de ton âge ? répéta Gena. Quelle chance tu as ! Aucun petit cousin morveux pour te faire trébucher ou se battre avec toi ? Aucune cousine prétentieuse qui se prend pour une reine de beauté ? Où dois-je m'inscrire, pour faire partie de *cette* famille-là ?

Anne haussa les épaules. Elle se tourna vers Juniper.

— Tout ça est bizarre. Il doit pourtant y avoir une explication.

— Il y en a une, dit Juniper. N'as-tu jamais entendu dire que nous avons tous notre jumeau quelque part dans l'Univers ?

— Toutefois, quelles sont les chances que la mienne habite la même ville que moi ? demanda Anne. Et quelles sont les chances que je le découvre de cette façon ?

Juniper plaqua ses mains sur son guidon.

— Le destin ?

Anne songea qu'elle ne voulait plus jamais entendre prononcer ce mot.

— Allons, dit Juniper. Rentrons chez moi. J'ai une idée.

* * *

Le trajet du retour parut moins long. La jambe d'Anne commençait à lui faire mal et à la darder, tandis qu'un drôle de goût lui piquait la bouche. Un goût salé. Elle considéra le tout comme un avertissement de prendre du repos. Quand elles arrivèrent chez Juniper, elle clopina de nouveau, et beaucoup plus qu'avant.

— Alors, quelle est ton idée ? demanda Anne, sirotant un verre d'eau fraîche.

Gena s'empressa d'ajouter son grain de sel.

— Rien d'effrayant, tout de même ? Je fais déjà des cauchemars à cause de cette impressionnante séance d'hier. Hier soir, j'ai rêvé qu'Alice venait me chercher pour m'emmener au pays des merveilles. Sauf que c'était une maison hantée bondée d'enseignants zombis qui donnaient des autopsies comme examens.

Juniper rigola.

— Ce cauchemar n'a pas été causé par notre séance. C'était un rêve d'école. Peut-être que si tu étudiais davantage, tu pourrais te *reposer en paix*.

Anne et Juniper éclatèrent toutes deux de rire.

Gena sourit d'un air affecté.

— Ce n'est pas drôle !

— En tout cas, dit Juniper. Je crois que la réponse est écrite dans le ciel.

— L'astrologie ? demanda Anne.

Juniper acquiesça.

Gena s'anima à cette idée.

— Ça semble génial. Nous n'avons jamais fait de cartes du ciel ni quoi que ce soit du genre.

— J'ai quelques livres d'astrologie, dit Anne, mais je ne connais que mon signe solaire. Je suis Balance. Devrions-nous aller chercher mes ouvrages ?

Juniper se leva.

— Il y a une autre façon.

Elle traversa la chambre vers sa table à ordinateur et agita la souris un instant.

— Il est possible d'obtenir gratuitement sa carte du ciel sur Internet.

— Génial ! s'écria Gena. Pouvons-nous aussi faire la mienne ?

— Moi d'abord, dit Anne. Il faut résoudre cette énigme.

Elles attendirent. Anne entendit les bips et le bourdonnement de la connexion modem.

— Voilà, voilà, dit finalement Juniper.

Elles se regroupèrent devant le moniteur, observant les symboles d'étoiles et de planètes traverser l'écran. Puis, un questionnaire apparut. Juniper lut chaque question à voix haute en entrant les réponses.

— Nom. Date de naissance. Lieu de naissance. Heure de naissance.

Elle fit une pause.

— À quelle heure es-tu née ?

— Je n'en sais rien, dit Anne. Pourquoi demandent-ils cela ?

Juniper s'affaissa.

— Ce doit être précis. Et dans notre cas, très précis.

— J'appelle ma mère pour le lui demander.

— Je devrai rompre la connexion, dit Juniper. Nous n'avons qu'un accès commuté.

Gena apporta le téléphone à Anne, pour lui éviter de se lever. Non seulement sa jambe la faisait souffrir, mais elle remarqua de l'enflure autour du pansement.

— Allo ? dit son père.

— Papa, est-ce que maman est là ?

— Non, pas encore. Es-tu toujours chez Juniper ?

— Oui, et j'ai besoin de savoir quelque chose. À quelle heure suis-je née ?

Le silence se fit lourd à l'autre extrémité. Anne attendit.

— Papa ? Le sais-tu ?

— J'essaie de m'en souvenir, dit-il. Je ne crois pas qu'on me l'ait dit.

— Quand maman sera-t-elle de retour ? Elle doit bien le savoir.

— Pas pour l'instant. Elle a téléphoné pour nous dire de nous préparer des sandwichs pour le déjeuner et qu'elle serait de retour pour préparer le dîner. Tu la connais. Lorsqu'elle rencontre les autres dames, à l'église, elles trouvent toujours des trucs à faire.

L'enthousiasme d'Anne retomba.

— Merci, papa. Je rentrerai plus tard.

Elle raccrocha le combiné et le posa sur la table.

— Mauvaise nouvelle. Il l'ignore, et maman n'est pas à la maison.

— Et si ta mère ne le savait pas ? dit Gena. Peut-être sera-t-il impossible de faire ta carte du ciel.

Anne jeta un regard à Gena.

— Elle doit le savoir. Elle y était !

— Alors, nous attendons à demain ? dit Juniper, promenant la souris en rond.

— Je ne veux pas attendre, se lamenta Anne. Pas jusqu'à demain, pas même jusqu'à ce soir. Je dois savoir à propos d'Alice dès maintenant, avant de perdre les pédales !

— Du calme, dit Gena. Je connais une autre option.

— Vraiment ?

Juniper se tourna vers Gena.

— Tu as intérêt à être sérieuse.

Gena fronça les sourcils avec fierté.

— Lorsqu'il y a une naissance, il y a nécessairement un extrait de naissance.

— Et l'heure de naissance y est inscrite ? demanda Anne.

— Sur le mien, elle y est ! dit Gena.

Juniper se rassit dans sa chaise.

— Gena a une bonne idée. Tu pourrais rentrer rapidement chez toi et vérifier ton extrait de naissance. Puis, tu nous appelles, et ta carte du ciel sera prête dès ton retour.

Anne sourit et se frotta la jambe.

— Je ne crois pas pouvoir accomplir quoi que ce soit *très rapidement* en ce moment, mais c'est parfait.

— Tu veux que je vienne avec toi ? demanda Gena.

Anne réfléchit à la question un instant.

— Je crois que je serai plus rapide seule. Reste ; tu pourras vérifier les renseignements que Juniper inscrit.

— Vérifier ? dit Juniper. Ha ! ha ! Au moins, je sais où sont les touches.

Gena lui donna une claque amicale sur le bras.

— Hé, le cerveau, peut-être devrais-tu lire toutes les questions de la page Web, avant qu'elle ne revienne. Qui sait ? Peut-être posent-ils également des questions sur son dossier de vaccination !

— Je ne désire que consulter mes planètes, pas m'y rendre ! dit Anne en rigolant.

Puis, elle se dépêcha aussi rapidement que le lui permettait sa jambe, quitta la maison de Juniper et pédala jusque chez elle.

CHAPITRE 11

Un tissu de mensonges

A u cours des dernières heures, la jambe d'Anne avait subi plus qu'elle ne pouvait supporter. La douleur était bien réelle ; des milliers de petites pointes lancinantes telle la flamme d'une allumette frôlant la peau. Elle boita jusqu'à la maison.

— Tu veux un sandwich ? demanda son père alors qu'elle traversait rapidement le salon.

— Non, merci.

— Je vais commencer à t'appeler « ma petite sauterelle » ! cria-t-il en direction du corridor.

— Pardon ?

Anne ne comprenait pas ce qu'il voulait dire par là, même si elle était persuadée que ça avait à voir avec le fait qu'elle ne pouvait pas mettre de poids sur sa jambe blessée. Son boitillement s'était transformé en sautillement. Son petit jeu de ce matin était bien loin. Elle était dorénavant incapable de marcher convenablement, même pour tenter de duper son père.

Elle se rendit directement dans la chambre de ses parents et ouvrit la penderie. L'odeur de talc de sa mère lui monta au nez. Cette même odeur emplissait également la salle de bain. C'était la seule odeur qui camouflait celle de l'eau de Cologne de son père. Anne s'étira pour rejoindre la tablette du haut et tâtonna maladroitement pour trouver un petit classeur en métal dans le coin. Elle savait que ses parents gardaient tous les papiers importants dans cette boîte. Son extrait de naissance devait s'y trouver. Heureusement, elle était grande. L'an dernier, elle aurait eu besoin d'un tabouret, pour l'atteindre. Elle le tira vers l'avant et l'attrapa avant qu'il ne tombe au sol.

La boîte était plus lourde qu'elle ne l'imaginait. Elle la posa sur le tapis et se baissa prudemment pour s'asseoir. La position du tailleur était hors de question, maintenant que sa jambe était plus que douloureuse. Soulevant le couvercle, elle découvrit de nombreux documents : des certificats militaires, des certificats d'actions, des obligations d'épargne. Plusieurs obligations portaient son nom. Elle s'imagina qu'elles faisaient partie de son fonds d'études dont ses parents parlaient souvent. Son père avait l'habitude de dire : « assurer l'avenir ».

Elle fouilla, et retourna des tonnes de trucs, se demandant si elle devait proposer à ses parents de ranger cette boîte en classant les papiers pour eux. Certains documents semblaient si vieux qu'ils ne devaient avoir aucune valeur. Pourquoi avaient-ils besoin de conserver le reçu d'un combiné téléviseur/stéréo acheté en 1977 ?

Anne croyait que cette tâche serait simple, qu'elle n'avait qu'à ouvrir la boîte pour prendre son extrait de naissance. Elle s'impatientait de plus en plus. Puis, elle mit la main sur une enveloppe brune scellée de cellophane jaune. Le ruban paraissait avoir été ouvert et scellé de nouveau à quelques reprises. Il ne tenait plus très bien. Anne crut avoir trouvé ce qu'elle cherchait en voyant l'inscription de la main de son père sur l'enveloppe. En petits caractères, on pouvait y lire « *Documents d'Anne* ». Elle décolla le ruban qui tenait mal et en sortit un document officiel. Hum… les extraits de naissance comptaient-ils trois pages ? Elle le déplia en cherchant nerveusement l'heure de sa naissance. C'est alors qu'elle vit le titre au haut du document : *Certificat d'adoption*. Le document lui échappa des mains.

Elle fit une pause. Il devait y avoir une erreur. Ce n'était pas à elle. Elle reprit le document pour l'examiner. C'était le certificat d'une fillette de dix-neuf semaines prénommée Haley Christine. Plus loin, elle lut le nom de ses parents, Albert et Caroline Donovan. Plus bas sur la page, elle découvrit les mots qui l'identifiaient. Nouveau nom : Anne Élizabeth. Elle !

Elle resta assise, engourdie, ayant jusqu'à oublié la douleur de sa jambe. Sa respiration cessa. Le monde s'arrêta. La vie fit une halte. Puis, tranquillement, une nouvelle sensation s'empara d'elle en commençant par les doigts… les mains… les bras…, la traversant comme un courant électrique. Elle fut prise d'un tremblement incontrôlable. Son estomac se noua également. Elle ne pouvait maîtriser les tremblements, mais elle ignorait même si elle en avait envie. Elle n'était plus sûre de rien. Puis, aussi tranquillement que le trac s'était emparé d'elle, elle sentit un cri émerger de son estomac nauséeux. Il jaillit de plus en plus haut, comme un ballon se gonflant en elle et risquant d'exploser à tout moment dans sa gorge. Elle mit les mains sur sa bouche pour le retenir. Tout son corps vibrait, et les larmes lui montaient aux yeux. Sans penser à sa jambe blessée, elle se précipita dans le corridor, puis se jeta sur son oreiller en sanglotant.

Qui était-elle ? Pourquoi était-elle là ? Le mot « destin » lui revint à l'esprit, mais elle le rejeta comme un gamin qui se débarrasse d'un vieux jouet. Elle n'entendit pas la sonnerie du téléphone. Aucun bruit extérieur ne lui parvenait, pour l'instant. Elle s'accrochait désespérément à son oreiller, détrempé par ses larmes intarissables. Son père entra.

— C'est Gena à l'ap…

Il laissa tomber le combiné et se précipita vers elle, paniqué.

— Qu'est-ce qui se passe, chérie ?

Anne se tourna vers lui en hurlant :

— VOUS AURIEZ DÛ ME LE DIRE ! VOUS AURIEZ DÛ ME LE DIRE ! VOUS AURIEZ DÛ ME LE DIRE !

Elle attaqua, frappant son père aux bras et à la poitrine.

— Vous auriez dû me le dire !

Il l'enlaça étroitement, la serrant contre lui. Il la berça tandis qu'elle criait toujours.

— Te dire quoi, chérie ? Te dire quoi ?

Elle se libéra de son emprise, dégageant ses cheveux humides de son visage.

— J'ai été adoptée !

Les mots résonnèrent sur les murs et dans ses oreilles.

Le visage de son père devint livide. Ses yeux se voilèrent. Son regard s'emplit de culpabilité. Il tremblait également.

— J'appelle ta mère. Elle devrait être ici.

« Mère, la mère de qui ? »

Ces mots lui parurent aussi étranges que ceux de la liste de mots de vocabulaire du cours d'anglais qui leur était distribuée chaque semaine. Elle s'essuya les yeux et les joues, se frotta le nez pour l'essuyer également. Elle observa son père revenir vers le téléphone.

« Père ? »

Un autre mot bizarre.

Il commença à composer le numéro, puis écouta.

— Oh, Gena, je suis désolé. Nous te rappellerons.

Il raccrocha et composa de nouveau.

Anne sentit un mal de tête poindre. Elle se frotta de nouveau le visage. Gena avait entendu. Tout entendu. Les cris, les questions, la vérité. Ce n'était plus le vilain secret de ses parents.

« Ses parents ? »

Elle se rejeta sur l'oreiller, les poings serrés. Elle ferma les yeux fermement, tentant d'évincer l'univers qui lui faisait faux bond. Elle n'était pas Meneuse de claque de l'année. Elle n'était pas le petit bébé miraculé d'Albert et de Caroline. Elle n'était même pas Anne Élizabeth Donovan. Elle n'était pas réelle. Sa vie était un tissu de mensonges.

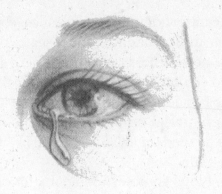

CHAPITRE 12

Le destin révélé

Anne était encore couchée sur son lit quand elle entendit la voiture de sa mère se garer dans l'entrée. Son âme et son esprit étaient vides. Elle ne savait plus comment penser et se sentir, à l'exception d'être épuisée.

Des voix étouffées lui parvinrent derrière sa porte, puis sa mère et son père entrèrent,

avançant prudemment en silence, comme
s'ils s'approchaient d'un oiseau blessé.
Anne ne réagit pas, quand sa mère s'assit
près d'elle sur son lit. Elle voulait des explications, mais elle préférait attendre et laisser
sa mère parler en premier. Son père prit
place au pied du lit, se frottant le front ridé
de la main.

— Nous sommes tous deux tellement
désolés, Anne, dit sa mère la voix che-
vrotante. Nous avions l'intention de t'en
parler tout juste après ton treizième
anniversaire. Nous croyions qu'à treize
ans, tu serais en mesure de digérer ces
renseignements.

Anne parla sans bouger.

— Ma fête était il y a des semaines.
Qu'attendiez-vous ?

— Le moment idéal. S'il y en a un.
Nous voulions te communiquer le tout à
un moment plus calme, où tu n'aurais pas
tant de choses à faire… comme l'école…
les meneuses de claques, ou des vacances.
Je te promets que nous allions t'en parler.
Je te le jure.

Anne ne dit rien et écouta. Elle ne doutait pas des paroles de sa mère, mais elle aurait souhaité qu'ils lui en parlent il y a très, très longtemps. Elle ne répondit pas. Plutôt, elle regarda fixement le mur de ses yeux bleus fatigués.

— Peut-être préférerait-elle se reposer, maintenant, dit son père en se levant pour sortir de la chambre.

Sa mère resta là, à côté d'Anne. Elle s'étira et lui frotta le bras, puis lui fit un câlin. Elle se leva et soupira.

Alors qu'elle s'apprêtait à partir, Anne demanda doucement :

— Connaissiez-vous ma vraie mère ?

Sa mère se rassit.

— Non. Je l'ai vue une seule fois, mais on ne me l'a pas présentée.

Anne se tourna vers elle.

— Pourtant, quelque part, j'ai une vraie mère.

Un autre soupir.

— Anne, il faut bien plus, pour être une mère, que de donner naissance à un enfant. Bien plus.

— Alors, ce que tu me dis, c'est que ma vraie mère ne voulait pas de moi ?

Elle pouvait voir la souffrance dans les yeux de sa mère, mais elle croyait que cela n'avait rien de comparable avec la douleur qu'elle ressentait elle-même. Ils l'avaient trahie.

— Non, ce n'est pas ce que je voulais dire. Être une mère signifie faire de son mieux pour le bien-être de son enfant. Et si ce que tu peux faire de mieux pour ton enfant est de le donner à une famille qui peut l'aimer, en prendre soin et lui donner tout ce qu'ils peuvent, voilà ce qu'est une bonne mère.

Anne se demanda si c'était vrai. Elle aurait aimé penser que ce que sa mère biologique avait fait était bien, plutôt que de croire qu'elle s'était débarrassée d'elle. Sa mère essuya ses propres larmes, renifla, et serra de nouveau le bras d'Anne.

— Albert et moi considérions que la vie était injuste. Nous avions tant envie d'un bébé. C'était extrêmement difficile de voir tous nos amis et notre famille avec leurs enfants. Puis, nous t'avons eue, et ce fut le plus beau cadeau que nous ayons jamais reçu. Tu es venue vers nous, et c'est comme si tu étais nôtre. Nous n'aurions pas pu t'aimer davantage.

Une autre larme coula sur sa joue.

— Qu'est-il arrivé à ma *vraie* mère et à mon *vrai* père ? Pourquoi m'ont-ils confiée en adoption ?

— Ta mère était jeune, dit sa mère. Et juste avant ta naissance, elle est tombée malade. Très malade. Elle savait qu'elle ne pourrait pas s'occuper d'elle-même, de ses frais médicaux et de toi. Et il ne lui restait que peu de temps à vivre. Elle n'aurait pu s'occuper de toi toute ta vie. Elle voulait être certaine que tu sois entre bonnes mains, avant de mourir.

Les mots de sa mère résonnèrent dans l'esprit d'Anne. Tout à coup, des couleurs firent leur apparition dans ce nouveau monde grisâtre, et tout s'éclaira. Les funérailles, la photographie de sa jumelle, et Élise Thurston qui avait dit : « C'est toi ! » Le destin s'en mêlait encore. Alice Lang était sa vraie mère.

Sa mère dut voir les yeux d'Anne s'agiter. Elle repoussa des mèches de cheveux et lui demanda :

— À quoi penses-tu, ma chérie ?

— Je pense à la vie. À la vie et à la mort. Et si ces obsèques n'avaient pas eu lieu vendredi ? Je serais au camp des meneuses de claques et je serais encore Anne Donovan. Mais les funérailles ont eu lieu. Et l'accident est survenu. Et voilà pourquoi j'ai découvert qui je suis.

— Mais tu es toujours Anne Donovan, peu importe ce qu'il advient, dit sa mère. Tu as grandi ici en tant qu'Anne. Tu fais de la gymnastique et tu es meneuse de claque. Tu aimes ces drôles de trucs de diseuses de bonne aventure.

À ces mots, elle prit la main de la destinée et la posa sur le lit près d'elle.

— Tu marches, parles et réfléchis comme Anne. Il n'y a pas à retourner en arrière vers ce que tu étais ou ce que tu aurais pu être. Tu es Anne Élizabeth Donovan. La petite fille d'Albert et de Caroline. Et tant que tu vivras, voilà qui tu seras.

Anne passa ses doigts sur les lignes noires tracées dans la main de la destinée — chacune comme une avenue. Juniper et Gena avaient créé une petite ville où toutes les rues portaient la marque du destin.

— Maman, est-ce que toi ou papa pourriez venir me reconduire quelque part ?

Sa mère parut un peu inquiète.

— Je crois que tu devrais te reposer. Tu as eu une journée éprouvante.

— Non, vraiment, dit Anne. Il y a quelque chose que je dois faire. Quelqu'un que je dois voir.

— Mais tu as congé d'école, demain. Tu peux sûrement attendre jusque-là.

— Non, dit Anne en s'asseyant. C'est impossible. J'attends déjà depuis trop longtemps.

— Puis-je te demander qui tu comptes aller voir ?

Anne plongea son regard dans celui de sa mère avec beaucoup de tendresse.

— Ma tante.

CHAPITRE 13

Un saut dans le passé

Anne s'installa sur la banquette arrière de la voiture. Son père était au volant tandis que sa mère regardait fixement droit devant elle. Le bruit des voitures croisées était la seule chose qui brisait ce silence inconfortable.

Sa mère avait insisté pour qu'Anne se repose un peu avant de partir. Toutefois, son esprit était toujours fragile et ses yeux encore bouffis des larmes versées plus tôt. Tout semblait tenir du rêve. Anne allait se réveiller sur son lit au camp des meneuses de claques, au milieu des bruits d'espa-drilles et des rires de filles. Si seulement c'était possible.

Quand ils arrivèrent près de l'ancienne école secondaire, Anne indiqua à son père quelle rue emprunter. Il tourna doucement le volant dans cette direction, abordant le virage très lentement. Cela n'avait rien d'une balade du dimanche.

La petite maison bâilla doucement dans le demi-jour du soleil couchant. Anne la regarda une minute, tentant de faire le point. Peut-être sa mère avait-elle raison. Peut-être aurait-elle dû attendre au lende-main. Par contre, le lendemain apporterait un nouvel éclairage, et elle préférait régler le tout avant de changer d'avis.

— Nous t'attendrons ici, dit son père en coupant le moteur.

Anne descendit et clopina jusqu'à la porte. Inspirant à fond, elle sonna.

Élise Thurston ne parut pas le moins du monde surprise. Elle ouvrit grand la porte pour laisser entrer Anne.

— Je sais, dit Anne d'une voix à peine audible.

Élise sourit.

— Moi aussi.

Anne s'assit sur le canapé, étirant sa jambe blessée. Élisa s'assit devant elle.

— Tu m'as reconnue, n'est-ce pas ? dit Anne.

— J'ai reconnu Alice, dit Élise en indiquant la photographie sur le manteau de la cheminée.

Anne baissa les yeux, triturant le bord de son chandail.

— C'est fou comme je lui ressemble.

Élise se pencha vers elle pour la regarder dans les yeux.

— « Fou » est le bon mot. Je crois en la réincarnation, mais je ne crois pas qu'Alice aurait pu revenir dans la peau d'une adolescente. Il n'y avait donc qu'une autre possibilité.

— Pourquoi n'as-tu alors rien dit plus tôt ?

Élise soupira.

— Dire quoi ? Qu'aurais-je pu dire ?

— Tu aurais pu me le dire.

Élise s'adossa.

— Au début, j'ai cru que tu savais. J'ai cru que c'était là la raison de ta visite. Puis, plus tu parlais, plus j'ai compris que tu cherchais simplement des explications au sujet de ta blessure. J'ai aimé répondre à tes questions au sujet d'Alice. C'était quelqu'un de bien particulier.

Anne s'enthousiasma, à ces mots. Particulière ? Peut-être pour une sœur, mais pas pour une fille.

— Pourquoi était-elle particulière ? Parce qu'elle aimait la poésie et résoudre les films policiers ? Parce que vous avez grandi ensemble ? Parce que vous avez partagé des trucs ? Alors, n'importe quelle sœur serait particulière, non ?

— Probablement, dit Élise, tout en douceur. Toutefois, il y avait bien plus que cela. C'était la femme la plus courageuse que je connaisse. Je n'aurais jamais pu traverser toutes ces épreuves et vivre avec un sourire dans les yeux. Elle n'a jamais abandonné.

— Elle m'a abandonnée, moi, dit rapidement Anne.

Élise tressaillit, à ces paroles.

— Non. Elle pensait que tu étais ce qu'il y a de plus précieux au monde !

— Mais elle m'a donnée.

— Anne, elle était très malade. Les médecins ne lui donnaient que quelques mois à vivre. Qui aurait pu savoir qu'elle se battrait pour les faire mentir ? Elle t'a confiée en adoption pour te donner la chance d'être heureuse. Tu étais la prunelle de ses yeux. Même après l'adoption, elle regardait ta photo et me disait qu'un jour, tu serais quelqu'un de très important. Elle parlait de toi comme si tu étais déjà une grande personne et t'élisait au poste de première ministre ou autre chose du genre. Elle a dit que sa raison d'être était de t'avoir. Que tu finirais par laisser une marque importante dans ce monde. Elle était si convaincante que je la croyais.

Anne resta assise, une larme menaçant de s'écouler. Maintenant, elle se sentait un nouveau fardeau. Elle devait vivre le rêve d'Alice.

— Je ne crois pas résoudre tous les problèmes de l'Univers ni faire régner la paix sur terre. Je ne suis pas Einstein.

— Ça n'a aucune importance, dit Élise. Alice penserait que tu es particulière peu importe ce que tu accomplis. Tu lui as tellement manqué. Son cœur en était déchiré. Nous avons cru qu'elle nous quitterait, ce jour-là. Nous avons été surpris qu'elle y survive douze ans.

— Pourquoi n'a-t-elle pas cherché à me retrouver ?

— Elle ne pouvait pas, répondit Anne, Voilà les règles de l'adoption.

— Elle n'avait aucune idée d'où j'étais ?

Élise secoua la tête.

— Et mon père ? Ce bon à rien de Bob Lang ? Pourquoi ne voulait-il pas de moi ?

— C'est compliqué. Il était jeune. Il n'était pas prêt pour un quelconque engagement : ni le mariage, ni la paternité, ni prendre soin d'une mourante. Il n'était pas cruel, mais simplement immature.

Elles restèrent en silence. Anne songea à ses parents, qui l'attendaient dans la voiture.

« Discutaient-ils ? Que disaient-ils ? Comment se sentaient-ils ? »

— Anne, dit Élise, lui prenant la main. Je sais que c'est difficile pour toi. C'est gênant pour moi aussi. J'ai redécouvert une nièce que je n'avais pas vue depuis qu'elle était tout bébé. C'est pénible.

— Pard… ?

La surprise d'Anne fut interrompue.

— Non ! Je ne veux pas dire qu'il m'est pénible de te rencontrer. Je sais qu'Alice serait si fière de toi. C'est pénible pour moi de te regarder. Tu es elle. Tu es Alice. Chaque cheveu blond sur ta tête. Chaque éclat de tes yeux d'un bleu cristallin. Même les lunes blanches de tes ongles. C'est comme un retour dans le passé, pour moi. Voilà ce qui est pénible.

— J'imagine que je devrais garder mes distances, dit Anne.

Elle voulait à tout prix éviter de causer du tort à qui que ce soit. À Élise. À ses parents. À Alice. Bien qu'elle ne comprendrait jamais pourquoi Alice l'avait blessée. Était-il vraiment nécessaire de mettre un terme à ses rêves de Meneuse de claque de l'année juste, pour lui faire découvrir sa véritable identité ? N'y avait-il pas une autre façon ?

Élise sourit faiblement.

— Garder tes distances ? Ce serait encore plus pénible.

— Il semble que d'une manière ou d'une autre, je te ferai souffrir, dit Anne. Je n'y peux rien, si je lui ressemble.

— J'en suis bien heureuse.

Élise resta là un moment à réfléchir.

— Qu'en pensent tes parents ? Seront-ils fâchés que tu sois venue me voir ?

Anne hennit doucement.

— Ils sont dehors.

Élise se leva d'un bond.

— Invitons-les à entrer !

Anne se leva également d'un bond.

— Non, non. Euh, pas tout de suite.

Elle sentit une douleur désagréable monter dans sa jambe.

— Je crois que je devrais y aller.

Élise acquiesça.

— Oui, ils ont probablement attendu assez longtemps.

— Pas aussi longtemps que moi, dit Anne, haussant les épaules.

— Anne, aimerais-tu avoir mon numéro de téléphone ? Peut-être pourrais-tu me téléphoner, à l'occasion. Nous pourrions aller voir un film ou manger ensemble, un week-end.

Anne aima l'idée.

— D'accord.

Élise déchira le coin d'un magazine et y nota son numéro de téléphone.

— Tiens. Appelle-moi, quand la poussière retombera.

Anne prit le bout de papier.

— Promis.

Elle savait qu'elle le ferait.

— Si ta mère est d'accord, la prochaine fois, nous pourrions fouiller dans les affaires d'Alice. J'imagine que tu aimerais avoir quelque chose d'elle.

— J'adorerais ça, dit Anne.

Son esprit était encore embrouillé, mais l'idée d'avoir une petite part de sa vraie mère lui faisait chaud au cœur.

Juste avant qu'elle n'arrive près de la porte, Élise dit :

— Attends.

Elle se dirigea vers le manteau de la cheminée et prit la fameuse photographie. Celle qui l'avait tant bouleversée.

— Prends ça.

Elle lui tendit la photographie.

— Et souviens-toi, dit-elle avec un clin d'œil, que la drôle de petite fille avec les taches de son, c'est moi.

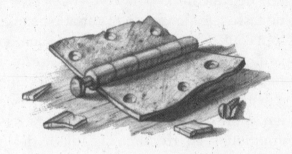

CHAPITRE 14

Le chaînon manquant

Lundi matin, et pas d'école ! Les jeunes seraient partout : au centre commercial, au cinéma, à la crémerie. Anne s'habilla tôt, même si elle ignorait son programme de la journée. L'impact du week-end avait été important, mais elle désirait mener à nouveau une vie normale. Elle avait besoin de reprendre sa vie en main, et elle sentait

138

qu'elle était sur la bonne voie. Les pièces de casse-tête s'emboîtaient parfaitement, et tout coulait plus aisément. Ou presque. Sa jambe blessée lui rappelait sans cesse qu'il manquait toujours quelque chose. Elle s'installa dans le salon à regarder une émission d'infovariétés et grignota des craquelins au fromage. La main de la destinée était à ses côtés, et elle la serrait à l'occasion, comme un jouet de chat. Elle entendit frapper à la porte. Anne ne se leva pas ; sa mère alla rapidement ouvrir. Elle tournait autour d'Anne depuis la veille.

Gena et Juniper se faufilèrent à l'intérieur. Elles marchaient tranquillement, précautionneusement, regardant Anne comme une espèce en voie de disparition. Anne voulut leur éviter une conversation inconfortable.

— Alors, vous m'avez entendue au téléphone, hier ?

Gena acquiesça.

— As-tu vraiment été adoptée ?

Le mot lui donna la chair de poule, mais elle haussa les épaules pour s'en débarrasser.

— J'imagine.

Juniper s'assit près d'elle sur le canapé.

— Je suis désolée.

Anne trouva la remarque étrange.

— Ce n'est pas ta faute.

— Je veux dire de t'avoir envoyée chez toi chercher ton extrait de naissance. C'est un peu ma faute.

Anne hennit.

— En fait, c'est la faute de Gena. C'était son idée.

— C'est ça, dit Gena. Jette-moi le blâme ! J'essayais simplement de t'aider. J'ai une bonne idée, puis…

Anne lança un craquelin à Gena, qui le reçut sur le bras.

— Où est ton sens de l'humour ? Je plaisantais, sans vouloir te blesser.

— Bon, une blessée, ça suffit, dit Gena en indiquant la jambe d'Anne. Et pourquoi ta blessure n'est-elle pas couverte ? C'est repoussant !

— Alors, ne regarde pas, répondit Anne.

— D'accord, je ne regarde pas !

Gena ramassa le craquelin et le lança à Anne. Anne se pencha pour l'éviter, mais il rebondit tout de même sur son épaule et tomba sur ses genoux.

Juniper s'étira pour prendre la main de la destinée.

— Des questions ?

— Ouais, dit Gena. Qu'allons-nous faire, aujourd'hui ?

— Je reste assise ici, dit Anne. Ma mère me surveille sans relâche. Elle ne me laissera sûrement pas faire du vélo.

Gena tapa des mains et pointa Anne du doigt.

— Ah, ah ! Tu es punie !

Anne s'installa confortablement et posa sa jambe sur la table à café.

— Quelque chose du genre.

C'est alors que la sonnette de la porte retentit. Et retentit de nouveau tout aussitôt.

— J'y vais, dit Juniper en allant ouvrir la porte au trot.

Beth Wilson repoussa Juniper pour passer.

— Comment te sens-tu ? demanda-t-elle à Anne en prenant place à ses côtés, où Juniper était assise précédemment.

— Ça va.

Anne eut à peine le temps de prononcer ces mots que Beth partit sur une tirade.

— Oh mon Dieu, Anne, tu aurais dû voir ça ! C'était le chaos général, là-bas !

— Pardon ?

Beth l'interrompit de nouveau.

— Le week-end a été si amusant, puis c'est arrivé. Peux-tu le croire ?

— Croire quoi ? demanda Anne avec curiosité en se redressant.

— Tu ne le sais pas ?

— Beth, dit Gena, en se penchant vers l'avant. Imagine un instant que tu ne vis pas dans ton univers cinglé. Si tu veux une réponse, il faut nous donner des indices.

— Je ne te parlais pas, répondit Beth avec un sourire affecté. De toute façon, tu serais dans la brume même si je l'écrivais noir sur blanc pour toi.

— Probablement parce que ton écriture serait illisible. Je me demande encore en quelle année ils t'ont montré à écrire des *i* avec des cœurs et des bonshommes sourires.

Anne leva les bras au ciel pour marquer la trêve.

— Ça suffit ! Beth, de quel chaos parles-tu ?

Beth se redressa sur le canapé, assise sur une jambe, puis se pencha vers Anne.

— La cérémonie de remise des prix, tu aurais dû y être.

— Qui a obtenu le prix de Meneuse de claque de l'année ? demanda Juniper.

Beth se tourna vers Juniper et lui décocha également un sourire affecté.

— Si tu me laissais finir ?

Juniper leva les bras au ciel en signe d'abandon.

— Suzanne a remporté le prix de Meneuse de claque de l'année.

— Rien de surprenant là-dedans, dit Anne. Elle est la capitaine de l'équipe.

— Attends, tu ne sais pas le pire. Tandis qu'ils remettaient les prix, tout le monde se tenait sous le panneau de basketball dans le gymnase. Nous étions tous assis par terre, et une partie des parents étaient dans les estrades. Tandis que Suzanne s'avançait pour aller chercher son prix de Meneuse de claque de l'année, les charnières d'un côté du panneau se sont défaites. Le panneau n'est pas tombé, mais il se balançait dangereusement et frappait le mur. Il y avait du verre partout !

— Oh non ! s'écria Anne. Y a-t-il eu des blessés ?

— Principalement des coupures dues au verre brisé, mais le bruit était assourdissant. Personne ne l'a vu tomber avant qu'il ne soit trop tard. Puis, tout le monde s'est mis à crier et à courir. Suzanne semblait sous le choc. Le panneau s'est balancé juste au-dessus de sa tête. Elle a été évitée de justesse.

— Heureusement qu'elle est si petite, dit Anne.

— L'entraîneur a dit que le coup aurait pu la tuer. Je ne peux croire que tu n'en avais pas entendu parler, dit Beth. En tout cas, je dois y aller. Nicole et moi allons au centre commercial. Tu veux venir avec nous ?

Juniper reprit sa place sur le canapé.

— Elle a d'autres projets pour aujourd'hui.

Beth l'ignora et regarda toujours Anne dans l'attente d'une réponse.

— Je ne peux pas sortir, dit Anne, indiquant ses points de suture.

— Beurk, ce n'est pas très joli. Pourras-tu aller à l'école, demain ?

— Je crois que oui, dit Anne. Toutefois, je ne serai que spectatrice, durant l'entraînement des meneuses de claques.

— *Ciao*, dit Beth en contournant Gena pour partir.

— *Ciao*, dit Gena en se moquant de Beth dès qu'elle fut sortie. Ça doit faire partie du langage de la planète Snob.

Juniper ricana.

— Ouais, c'est la seule chose qui peut me dégoûter davantage que la blessure d'Anne.

Anne s'adossa, ignorant leurs commentaires. Son esprit faisait marche arrière. Elle ferma les yeux et revit le camion se diriger vers elle. La panique s'empara de nouveau d'elle. Elle ressentit chaque instant dans son esprit.

Gena et Juniper discutaient toujours.

— J'aurais aimé voir ce panneau éclater, dit Gena. Ça devait être génial.

Juniper acquiesça.

— Heureusement que Suzanne est si petite.

Anne bondit d'un seul coup.

— Suzanne est la plus petite meneuse de claque de l'équipe !

— Elle est assurément minuscule, dit Gena.

— Et je suis la plus grande.

Le silence était assourdissant. Juniper et Gena étaient tout aussi sous le choc qu'Anne.

— Anne, dit doucement Juniper, si tu avais été là…

— Tu as entendu ce que Beth a dit, affirma Anne, frissonnant à l'idée. Le coup l'aurait tuée.

Toutes trois regardèrent la blessure d'Anne.

— Cet accident t'a sauvé la vie, dit Juniper.

Anne était sous le choc. Elle tenta de respirer normalement, mais ses poumons étaient compressés. D'une voix tremblante, elle dit :

— On dirait qu'il y a du vrai, dans toute cette histoire de destinée.

Elle prit la main de la destinée et la frotta avec son pouce.

Gena haussa les épaules.

— C'est la vie.

La sonnette de la porte retentit de nouveau.

Sa mère se précipita, s'essuyant les mains et sentant la salade aux œufs.

— C'est un vrai moulin, ici, aujourd'hui.

Elle laissa la porte entrouverte.

— Anne, c'est pour toi.

Elle retourna à la cuisine, le sourire aux lèvres.

Anne regarda Juniper et Gena. Qui cela pouvait-il bien être ? Et pourquoi sa mère n'avait-elle pas invité cette personne à entrer ? Elle sautilla pour aller ouvrir la porte. Troy Messina s'y tenait, un bouquet de fleurs sauvages à la main. Il piétinait sur place, se grattant le front, puis le cou, puis le bras.

— Salut.

Troy lui tendit précipitamment les fleurs.

— Je suis simplement venu voir si tu allais mieux. Ta jambe te fait-elle toujours mal ? Iras-tu à l'école demain ?

— J'y serai, répondit Anne, se disant que de répondre à la deuxième question répondrait également à la première.

Elle accepta les fleurs, même si elle s'inquiétait de donner de faux espoirs à Troy.

Troy se tenait là, les mains sous les aisselles. Il regardait partout pour éviter le regard d'Anne.

— Merci pour les fleurs, dit Anne.

Elle ne l'invita pas à entrer. Elle ne pourrait supporter les moqueries de Juniper et Gena.

Troy fit volte-face et s'engagea sur le trottoir.

— Je te vois à l'école, dit-il par-dessus son épaule.

— C'est ça.

Anne referma la porte et se retrouva devant Juniper et Gena. Elles éclatèrent de rire, comme elle l'avait prévu.

— Oubliez ça ! dit-elle, boitant jusqu'à la cuisine.

Elle s'étira pour prendre un vase, qu'elle remplit d'eau. Sa mère arriva alors qu'elle y mettait les fleurs.

— Elles sont jolies, dit-elle.

Anne sentit qu'elle cherchait à comprendre.

— C'est ce garçon qui était sur les lieux de l'accident. Il s'inquiétait, tout simplement.

Sa mère acquiesça et s'éloigna.

Anne posa le vase sur la table de la cuisine. Sa mère avait raison. Même si Troy les avait de toute évidence cueillies lui-même, elles étaient ravissantes. Elle se pencha pour les sentir, se laissant envahir par leur parfum. Elle prit tout à coup conscience de ce moment. Quelle chance elle avait d'être là, d'être en vie.

Elle regarda par la fenêtre un écureuil qui grimpait à un arbre dans la cour arrière. Elle se laissa absorber par les couleurs, le mouvement, tout. Puis, une autre odeur lui parvint. Faible, mais présente. Une odeur de talc.

DOTTI ENDERLE

Dotti Enderle est Capricorne, ascendant PES (personnalité extrêmement saugrenue). Elle dort avec le trois de Coupe sous son oreiller pour l'aider à rêver à de nouvelles aventures pour le Club des diseuses de bonne aventure. Elle vit au Texas avec son mari, ses deux filles, un chat et un vilain fantôme surnommé Shakespeare. Découvrez-en davantage au sujet de Dotti et de ses livres au :

www.fortunetellersclub.com

Aussi disponibles
Le club des diseuses de bonne aventure

Livre 1

Livre 2

Livre 3

Livre 4

Pour obtenir une copie de notre catalogue :

Éditions AdA Inc.
1385, boul. Lionel-Boulet, Varennes, Québec, J3X 1P7
Télécopieur : (450) 929-0220
info@ada-inc.com
www.ada-inc.com

Pour l'Europe :

France : D.G. Diffusion Tél.: 05.61.00.09.99
Belgique : D.G. Diffusion Tél.: 05.61.00.09.99
Suisse : Transat Tél.: 23.42.77.40